제
3
도
시

제3도시

정명섭

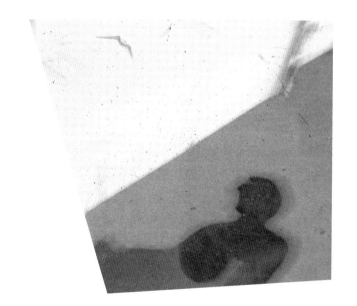

STOREHOUSE

一

차
례

1. 의뢰

　신문로에서는 저절로 보이는 것들이 있다. 강민규는 의뢰인과 만난 후 신문로에 있는 사무실로 돌아가다가 그들과 마주쳤다.

　지난 총선과 대선에서 연거푸 패배하면서 보수 여당은 정권을 잃고 말았다. 새로 집권한 정권은 폐쇄됐던 개성 공단을 재가동시켰다. 그러면서 개성 공단의 존재는 뜨거운 감자가 됐다.

　보수 세력들은 거리로 나와서 북한과의 타협은 패배나 다름없다고 목청을 높였다. '금요 애국 집회'라고 불리는 시위는 매주 금요일에 청계천 광장 근처 일민 미술관 앞에서 열렸다. 강민규는 집회가 끝난 뒤 행진하는 행렬과 마주친 것이다.

　강민규는 조용히 옆으로 비켜서서 그들을 지켜봤다. 선두에는 참가 단체들의 이름과 주장이 빼곡하게 적힌 플래카드가 섰고, 그 뒤로 태극기를 손에 든 참가자들이 따랐다. 참가자 대부분은 노인과 탈북자들이었다.

강민규는 참가자들의 얼굴과 눈빛에서 피로함을 읽었다. 자신을 냉대하는 세상에 대한 증오도 살짝 끼어 있었다. 그런 얼굴들 사이로 칼날 같은 눈빛을 가진 참가자가 군데군데 보였다. 하나같이 무표정한 얼굴에 허름한 복장을 하고 있었지만, 전직 헌병수사관이었던 강민규의 눈에는 잘 보였다.

그들 몇 명이 한데 뭉쳐서 백발에 콧날이 우뚝한 노인을 호위하고 있었다. 검은색 노스페이스 점퍼에 양복바지 차림의 백발노인을 본 강민규는 조용히 중얼거렸다.

"임성택."

헌병수사관 시절의 기억이 잠시 떠올랐다. 최근 떠오르고 있는 북풍회의 회장이자, 인생의 상당수가 베일에 가려진 인물이었다. 온갖 소음이 주변을 떠돌았지만, 임성택은 자신의 이름을 중얼거린 그를 정확하게 바라봤다. 얼른 시선을 돌린 강민규는 발걸음을 재촉했다.

강민규는 서울 역사박물관 앞에 있는 빌딩에 들어갔다. 낡아서 삐걱거리며 비명을 지르는 엘리베이터를 타고 12층에서 내린 그는, '뉴욕 탐정사무소'라는 보드 판이 붙은 사무실 문을 열고 들어섰다.

창가를 따라 띄엄띄엄 놓인 책상들은 컴퓨터와 충전기, 종이

더미로 가득했다. 책상은 여섯 개로 모두 민간 조사업자들, 혹은 탐정이라고 불리는 직업을 가진 자들이 주인이었다. 자격증은 땄지만 혼자서 사무실을 열 여력이 없는 사람들끼리 모인 것이다. 개업 두 달 만에 적성에 안 맞는다고 한 명이 뛰쳐나가고, 보험회사와 계약한 다른 한 명은 혼자 사무실을 얻어서 나갔다. 남은 네 명 중 두 명도 거의 일에서 손을 뗀 것처럼 보였다.

문제는 그중 한 명이 이 빌딩 주인의 조카였다는 점이다. '뉴욕 탐정사무소'라는 명칭도 그가 정했다. 다들 뉴욕 제과가 생각난다면서 못마땅해했지만, 실질적인 주인은 그였다.

덕분에 싸게 사무실을 얻을 수 있었는데 만약 그 친구가 발을 빼면 이 사무실도 빼야 할 운명이었다. 그런 복잡한 상황 덕분에 강민규는 책상에 쉽사리 앉을 수가 없었다. 창가에 서서 신문로를 내려다보고 있는데 탕비실 문이 열리면서 미스 황이 나왔다.

빌딩 관리실에서 일하다가 뉴욕 탐정사무소의 비서가 된 30대 초반의 미스 황은 취미가 게임과 과자 먹기였다. 손으로 입가를 털어 내는 걸 보면 과자를 먹다가 나온 것 같았다.

"어디 갔지? 손님 왔었는데."

미스 황이 주변을 두리번거리는데 문이 벌컥 열렸다. 문을 연 사람은 환갑 정도 된 남자였다. 몇 가닥 머리카락으로 끌어모아서 살짝 가린 반질반질한 이마가 햇살에 반짝거렸다. 통통한 뺨과 두툼한 코 그리고 축 늘어진 눈매를 가진 상대방이 강민규를 보고 환하게 웃었다.

"오랜만이다. 민규야."

순간적으로 이렇게 반말을 하는 사람 중에 기억이 나지 않을 사람이 누구인지 떠올려봤다. 군대 시절에 알던 사람은 아니었고, 동네 불알친구라고 보기에는 너무 나이가 많았다. 그가 고민에 빠진 사이, 성큼성큼 다가온 남자가 손을 내밀었다. 엉겁결에 손을 맞잡자 상대방이 호탕하게 웃었다.

"나 큰 외삼촌이다. 설마 얼굴을 잊어버린 건 아니겠지?"

"아! 종대 삼촌?"

"맞다. 마지막으로 본 게 십 년쯤 전인가?"

"제가 입대할 때니까 그때쯤일 겁니다."

"그치?"

잊고 싶었던 어두운 기억을 들먹거리자, 저도 모르게 얼굴이 찡그려졌다. 그러자 종대 삼촌이 얼른 표정을 바꿨다.

"전역하고 탐정 일을 한다고 하더니 사무실이 여기였구나."

"네. 운이 좋았습니다."

똥 마려운 강아지 같은 표정의 종대 삼촌에게 소파에 앉으라고 권하고, 미스 황을 바라봤다. 마땅찮은 표정을 지은 미스 황이 정수기로 가서 종이컵에 인스턴트커피 두 잔을 타 가지고 왔다.

그러고는 담배와 휴대폰을 챙겨서 밖으로 나갔다. 그녀가 나가자마자 종대 삼촌이 혀를 찼다.

"생긴 거 하고는, 저런 돼지 같은 애를 왜 쓰는 거냐?"

"저래 보여도 손꼽히는 해커입니다."

"진짜?"

"그럼요. 아까 쟤가 들어간 방에는 전 세계를 해킹할 수 있는 컴퓨터가 깔려 있어요."

시답잖은 농담에 종대 삼촌의 눈이 휘둥그레졌다. 이제 와서 아니라고 할 수 없어서 대충 넘어갔다. 잠시 불편하고 외로운 침묵이 흘렀다. 종대 삼촌이 말아 쥔 주먹으로 입을 가린 채 헛기침을 했다. 그러고는 상의 안주머니의 지갑에서 명함을 꺼내서 테이블에 놨다. 명함에는 원 실업 대표 원종대라고 적혀 있었다.

"그런데 여긴 어쩐 일로 오신 겁니까?"

"고민이 좀 있어서 말이다."

민간 조사업이라는 탈을 쓰긴 했지만, 하는 일은 흥신소 시절과 별로 달라진 게 없었다. 배우자의 불륜을 확인하거나 거래처의 뒷조사를 하는 게 대부분이었다. 보험회사에서 하청을 받아서 나일론 환자를 찾아내는 것도 하는 일 중의 하나였다. 원종대 사장도 그런 일 때문에 온 것 같았다.

"누가 바람이라도 핍니까?"

딱 꼬집어서 부인이라고 하지 않았지만, 무슨 뜻인지 알아챈 원종대 사장이 피식 웃었다.

"집사람은 십 년 전에 암으로 죽었어. 회사 일로 온 거야."

"회사 일이라면?"

"속옷을 만들어서 대기업에 납품하는 중이야. 처음에는 변두리 지하에 작은 공장으로 시작했다가 지금은 종업원이 500명이 넘지."

어깨를 으쓱하는 그에게 강민규가 말했다.

"노조 관련 일이라면 다른 곳을 알아보시죠. 잘못 엮이면 면허가 취소될 수도 있어서요."

"내 공장에는 노조가 없어."

"운이 좋으시군요."

강민규의 말에 원종대 사장이 말없이 종이컵에 든 커피를 한 모금 마셨다. 불륜이나 노사 문제가 아니라면 대체 무슨 일로 찾아왔을까. 종이컵을 내려놓은 원종대 사장이 입을 열었다.

"사실 골치가 아픈 일이 생겨서 말이야."

"노조가 없는 회사에 말입니까?"

"원자재랑 재고가 자꾸 펑크가 나고 있어서 골치야. 네가 좀 도와줬으면 좋겠어."

"CCTV를 다세요. 아니면 의심 가는 직원들을 해고하든지,

다른 곳에 배치하면 되지 않습니까?"

"그럴 수 없으니까 자넬 찾아왔지. 공장에는 CCTV를 달 수 없고, 직원들도 내 마음대로 자르거나 재배치할 수 없어."

"그게 말이 됩니까?"

그의 반문에 원종대 사장이 테이블에 놓인 자신의 명함을 뒤집으면서 대답했다.

"이곳에서는 그게 가능해."

뒤집힌 명함 뒷면에는 '한국 경제의 희망, 남북통일의 불꽃, 개성 공업단지 입주 업체'라고 큼지막하게 박혀 있었다.

"재작년에 사업이 재개되면서 들어갔어. 이러다가는 동네 봉제 공장 사장으로 끝날 거 같아서 말이야. 정부에서 지원도 팍팍해 주고 분위기도 나쁘지 않았거든."

강민규는 어린 시절 그가 군인 출신인 아버지를 찾아와서, 빨갱이를 때려잡아야 한다면서 목소리를 높이던 때를 떠올렸다. 터져 나오는 웃음을 참기 위해 고개를 돌렸다.

"다들 언제 뒤통수 맞을지 모른다면서 말렸지만 보기 좋게 성공했지. 인건비가 싼 데다가 서울이랑 가까워서 물류비용도 덜 들거든. 그래서 작년에 큰 업체랑 하청 계약을 맺어서 자리를 잡을 수 있었지. 문제는 원재료랑 완성품이 자꾸 없어지는데 손을 쓸 수 없다는 거야."

"싼값에 물건 만들고 노조도 없으면 그 정도는 감당하셔야죠."

"감당할 정도를 넘어섰으니까 그렇지."

답답하다는 표정을 지은 원종대 사장이 종이컵에 남은 커피를 단숨에 들이켰다.

"딴 공장은 시간이 지나면 불량률이 떨어지는데 우리 공장만 계속 평행선이야."

"거기도 관리자가 있을 거 아닙니까?"

"직장장이라고 있긴 하지. 하지만 자기도 잘 모르겠대. 우리 직원들도 있지만 공장에서 일하는 북한 사람들에게 직접 지시를 내리는 건 금지돼 있어서 손을 쓸 수가 없어."

"돈을 주고 일을 시키는데 직접 지시를 못 내린다고요?"

"월급도 직원들에게 주는 게 아니라 총국에 주고 있어. 그러니까 직원들을 데려다 쓰긴 하지만 내가 할 수 있는 건 별로 없어."

"그럼 원자재가 빼돌려지는 건 어떻게 알았습니까?"

"그거야 매일 여기서 원자재를 보낸 수량이랑 완성품이랑 맞춰 보면 얼추 나오니까. 보통은 5퍼센트 정도 손실을 잡고 더 보내는데 항상 수량이 부족한 거로 나와. 그러니까 원자재든 완성품이든 공장에서 없어진 거지."

"그런데 손을 쓸 수 없다 이 말씀이시죠?"

애꿎은 종이컵을 힘껏 구기는 것으로 화풀이를 대신한 원종대 사장이 하소연했다.

"그렇다니까, 북한에서 파견한 직장장한테 한마디 하니까 공화국 일꾼을 모함한다며 오히려 화를 내는 판국이야."

"그래도 싼값에 생산할 수 있으면 이득 아닙니까?"

"문제는 불량률이 너무 높게 나오니까 총국이랑 관리 위원회에서 이상한 눈으로 보고 있다는 거지."

"왜 이상하게 보는데요?"

"개성 공단에 가 보면 알겠지만 거긴 교도소처럼 공단 전체가 펜스에 막혀 있어. 북한에서는 자기네 사상에 위협이 되는 건 어떻게든 막으려고 들거든. 개성 공단에서 만든 물품이나 간식으로 주는 것들이 암시장에 유통되는 걸 엄청 신경 쓰고 있어. 남한의 좋은 물건이 북한 주민들에게 가는 걸 두려워하는 거지. 그런데, 내 공장만 유독 불량률이 높으니까 의심을 받기 딱 좋은 상황이지 않겠냐."

어떻게 돌아가는 상황인지 비로소 알게 된 강민규가 입을 열었다.

"조직적으로 물건을 빼돌려서 암시장에 유통시킨다고 의심을 받고 있군요."

"지난번에 관리 위원회 회의에 참석했는데 그쪽에서 살짝 귀띔하더라고. 가뜩이나 속상한데 억울해서 미치고 팔짝 뛰고 싶은 심정이야. 딴 공장 사장들은 지방이나 해외에 공장이 있어서 여차하면 생산 라인을 바꾸면 되거든. 근데 나는 개성 공단에 하나밖에 없어서 그러지도 못해."

"그런데 이런 상황이면 저도 딱히 해결 방안이 없을 거 같은데요."

심드렁한 강민규의 대꾸에 원종대 사장이 눈빛을 반짝거렸다.

"우리 회사 직원으로 채용할 테니까 개성 공단에 가서 범인을 좀 찾아 줘."

"그다음은요?"

"그건 내가 알아서 할 거니까 가서 범인만 잡아내. 누구한테 부탁해야 하나 고민하고 있었는데, 마침 네가 전역하고 탐정사무소를 열었다는 얘기를 듣고 적격이라고 생각했다."

"만약 범인을 잡는다면 처리할 방법이 있습니까?"

"그건 내가 알아서 하마."

얘기를 나누는데 코끝이 간지러워졌다. 뭔가 이상한 일에 휩싸일 때 느껴지는 징조였다. 미안하지만 바빠서 어려울 거 같다고 거절하려는 찰나, 원종대 사장이 선수를 쳤다.

"착수금으로 오백을 주마. 만약 범인을 찾아내면 천만 원을 얹어 주고, 우리 회사에서 일하는 동안은 월급도 줄게. 어떠냐?"

얘기를 들은 강민규는 손가락으로 코끝을 만지작거렸다. 언제 사무실을 빼야 할지 모르는 상황에서 불길한 징조를 무릅쓸 만한 조건이었다. 거기다 살고 있는 집의 월세도 밀린 형편이라 당장 돈이 필요했다.

"좋습니다."

강민규가 승낙하자 원종대 사장이 흡족한 표정을 지었다.

"내일 회사로 와라. 서류 준비해 놓으마."

* * *

그 후로는 일사천리였다. 회사로 가서 입사 서류를 쓰고 나자 그 자리에서 '개성 공단 공장 관리과장'이라는 직책이 박힌 명함이 나왔다. 그리고 통일부에서 방북 허가가 나오고 나서 북한 속의 대한민국이라고 할 수 있는 개성 공단으로 향한 것이다.

통일 대교 초입에 있는 검문소를 통과하자마자 원종대 사장은 입경 시간을 맞춰야 한다면서 차의 속도를 높였다. 5월의 아침 햇살을 뚫고 달리는 자동차의 조수석에 앉은 강민규는 가슴이 점점 두근거린다는 사실을 애써 잊기 위해서 창밖을 바라봤다.

30대 후반의 강민규는 적당히 큰 키에 부리부리한 눈매에 뾰족한 콧날을 가지고 있었다. 검도와 유도를 통해 단련된 몸매는 균형이 잘 잡혔다. 그리고 탈모가 진행되면서 드러난 이마 덕분에 얼굴이 길어 보였다.

강민규의 초조해 보이는 모습에 원종대 사장이 입술을 묘하게 비틀어 웃었다. 60대 초반의 원종대 사장은 짧게 깎은 머리에 커다란 덩치, 두툼한 주먹코와 입술 덕분에 사장처럼 보이지는 않았다. 핸들을 잡은 원종대 사장이 창밖을 바라보는 그에게 말했다.

"개성 공단 증후군이라고 알아?"

"그게 뭡니까?"

"거기 들어가면 멀쩡하던 사람도 혈압이 높아지고 불면증에 시달려. 혈압을 재면 여기보다 10에서 20 정도 올라가거든. 베개에 머리만 대면 3초 지난 다음부터 코를 골면서 자는 사람도, 거기서는 수면제가 없이는 잠을 못 자지. 재미있는 건 말이야."

마치 어머니가 숨겨 놓은 꿀단지를 찾은 아이처럼 눈빛을 반짝거린 원종대 사장이 덧붙였다.

"여기로 돌아오면 그런 증상들이 씻은 듯이 나아진다는 거지."

"신기하군요."

강민규는 짧게 대꾸하고는 곧바로 그에게 물었다.

"외삼촌은 어땠어요?"

"나?"

그가 히죽 웃었다.

"그럴 틈이 없었어. 허허벌판에 텐트 치고 일한 초창기만큼은 아니지만, 재가동하면서 할 일이 정말 많았거든. 일이 많아서 앉아서 잔 적도 있는데 불면증이 다 뭐야. 병원은 당연히 없었고 말이야."

그렇게 얘기를 주고받는 사이, 고속도로 휴게소와 톨게이트를 합쳐 놓은 것같이 생긴 남측 CIQ*가 보였다. 주차장에 차를 댄 원종대 사장은 블랙박스의 SD 카드를 뽑아서 차에서 내렸고, 강민규도 뒤따라 내렸다. 현관으로 들어간 그가 2층으로 올라가는 걸 본 강민규가 물었다.

"어디로 갑니까?"

"우린 들어갈 수 있지만 휴대폰은 못 들어가. 여기 보관했다가 찾으러 가야 해."

2층에 있는 보관실에 휴대폰과 블랙박스의 SD 카드를 맡긴 원종대 사장이 바로 옆에 있는 매점에 들렀다. 그곳에서 하얀색 가림판과 집게, 주황색 깃발을 산 다음 아래층으로 내려왔다. 아래층에는 비슷한 시간에 도착한 사람들이 엑스레이 검색대 앞에 길게 늘어서 있었다. 검색대 옆에는 데스크도 있어서 흡사 공항 같은 느낌이 들었다. 심사를 받는 사람들의 얼굴에선 조금의 불안감도 느낄 수 없었다.

---

* 세관과 이민, 검역의 영어 약자로 비무장 지대 초입에 있다. 개성 공단으로 가기 위해서는 남북한의 CIQ를 모두 통과해야만 한다. 남북 간의 특수한 관계 때문에 출입국관리소라는 말 대신 출입경사무소라는 명칭을 쓰고 있다

검색대 앞에 줄을 선 원종대 사장이 점퍼 안주머니에서 방북 증명서와 출입증이 같이 든 지갑을 꺼냈다. 그걸 본 강민규도 따라서 꺼내 들었다.

개성 공단에 들어가려면 특별한 곳에서 국정원 직원에게 교육을 받아야 한다고 막연하게 생각했는데, 통일부 홈페이지에 들어가서 영상을 보는 것으로 사전 교육은 끝이었다. 반세기 넘게 대치 중인 북한으로 가는 사전 준비가 고작 그 정도라는 사실에 강민규는 처음으로 충격을 받았다. 그리고 북한으로 들어가는 절차가 이렇게 한가롭고 평화롭게 진행된다는 사실에 또 놀랐다.

이런저런 생각을 하는 사이 그의 차례가 돌아왔다. 앞서 통과한 원종대 사장처럼 방북 허가증을 데스크에 놓인 단말기에 갖다 댔다. 삑 하는 소리가 뜨자 데스크에 앉은 직원이 모니터를 잠시 들여다봤다. 그러고는 무미건조한 목소리로 말했다.

"잘 다녀오십시오."

엑스레이 검색대까지 통과하고 나자 가슴이 한층 더 심하게 두근거렸다. 앞서 통과한 원종대 사장이 앞서서 걸어가는 모습을 본 강민규는 서둘러 발걸음을 옮겼다. 주차장으로 나온 원종대 사장은 아까 2층 매점에서 산 가림막으로 자동차의 앞뒤 번호판을 가리고, 집게로 고정시켰다. 그는 차에 타면서 같이 산 주황색 깃발도 꽂았다.

똑같은 깃발을 단 자동차들이 톨게이트를 지나자, 안테나와 사이렌이 달린 국군의 레토나가 선두에 서서 길을 인도했다. 길옆으로는 황량한 비무장 지대의 풍경이 펼쳐졌다. 영화나 드라마에서 정글처럼 묘사되곤 하지만, 비무장 지대는 나무를 찾기 힘든 사막 같은 곳이다. 매년 봄 북측의 화공 작전으로 나무들이 자랄 틈이 없었고, 상대방의 GP*를 관측하고 매복을 막기 위해서 틈날 때마다 나무들을 없앴기 때문이었다.

한창 달려가던 국군 레토나가 속도를 줄이고 서서히 옆으로 빠졌다. 그러면서 멀리 북한 인민군의 낡은 지프가 보였다.

"여기서부터는 북한 땅이야."

핸들을 잡은 원종대 사장이 길옆의 표지판을 턱으로 가리켰다. 파란색 표지판에 흰색 글씨로 '개성특급시'라고 적혀 있었다. 개성 공단으로 향하는 차량의 인계를 받은 북한 인민군의 낡은 지프는 느린 속도로 앞으로 나아갔고, 뒤따르는 차량의 속도도 자연스럽게 줄어들었다.

얼마 지나지 않아서 남측과 똑같이 생긴 북측 CIQ가 보였다. 그곳까지 온 차량은 자연스럽게 두 무리로 갈라졌다. 자가용은 주차장에 들어섰고, 트럭들은 톨게이트 앞에 멈췄다. 트럭으로 북한 세관원들이 다가가는 모습을 지켜보던 강민규는 불쑥 운전

---

* Guard Post의 줄임말. 비무장 지대 안에 있는 감시초소를 지칭한다

석 옆에 나타난 북한 인민군을 보고는 깜짝 놀랐다. 자동 보총을 어깨에 멘 인민군은 원종대 사장을 보고는 아는 척을 했다.

"오랜만입니다. 선생님."

그러자 원종대 사장은 대시보드를 열고 안에서 치약을 꺼냈다.

"지난번에 부탁한 겁니다."

주변을 슬쩍 살핀 인민군이 치약을 챙기고는 누런 이를 드러냈다.

"옆에 타신 분은 처음 보는 분입니다."

"이번에 새로 입사한 강민규 과장입니다."

졸지에 인민군과 인사를 나누게 된 그는 떨떠름한 표정으로 살짝 고개를 숙였다.

"강민규라고 합니다."

"앞으로 잘해 보십시다. 선생님."

인사말을 남긴 인민군이 자리를 뜨자 원종대 사장이 나지막하게 중얼거렸다.

"거머리 같은 놈들."

"방금 준 건 뇌물입니까?"

그의 물음에 원종대 사장이 고개를 끄덕거렸다.

"담배랑 껌, 치약에 화장품까지 아주 다양한 걸 요구해."

"북한 애들이 이렇게 대놓고 밝힐 줄은 몰랐습니다."

"그래서 남북은 하나라고 하잖아. 얼른 들어가서 통관 절차 밟고 와."

원종대 사장의 채근에 강민규는 문을 열고 밖으로 나와서 북측 CIQ로 들어섰다. 차량에 여러 명이 탑승했을 경우 운전자는 자동차에 남고, 나머지는 들어가서 각각 통관 절차를 밟아야 했다.

건물 내부는 남측과 똑같았다. 다만 데스크에 앉아 있는 인원이 북한 인민군이라는 점이 달랐다. 강민규는 주머니에서 꺼낸 출입증을 단말기에 태그했다. 무표정한 얼굴의 인민군이 종이를 넘기면서 그의 얼굴을 힐끔 바라봤다. 그리고 무미건조한 목소리로 입을 열었다.

"확인됐습니다."

가볍게 고개를 숙인 그는 엑스레이 검색대에 가방을 올려놓고 검색대를 통과했다. 바닥에 그려진 화살표를 따라 출구로 나가자 자동 보총을 어깨에 메고 주황색 깃발을 든 인민군이 서 있었다.

허리에 찬 무전기가 울리자 인민군이 손에 든 깃발을 내렸다. 그러자 원종대 사장의 자동차가 그가 서 있는 곳까지 다가와서 멈췄다. 강민규가 조수석에 올라타자 원종대 사장이 곧바로 핸들을 돌려서 주차장을 빠져나갔다.

톨게이트를 지나자 옆면에 개성 공단 관리 위원회라는 글씨가 박힌 하얀색 스타렉스가 서 있는 게 보였다. 통관 절차를 끝낸 차들이 톨게이트를 지나자 스타렉스가 서서히 출발했다. 개성 공단으로 향하는 차들은 국군 레토나부터 북한군 지프를 거쳐 새로운 차량의 안내를 받으며 북쪽으로 향했다.

개성 공단으로 향하는 도로는 협곡을 통과하면서 2차선으로 줄어들었다. 협곡 위에 있는 인민군 초소가 차들을 내려다봤다. 협곡이 끝나면서 개성 공단이 보였다. 그래도 어느 정도는 가야지 나올 것이라고 생각했는데 출발한 지 5분도 안 돼서 개성 공단과 마주친 것이다.

꽤 높은 개성 공단 관리 위원회 건물 아래로 공장의 지붕들이 바다처럼 펼쳐졌다. 2미터 높이의 이중 펜스가 쳐진 개성 공단의 출입문은 활짝 열려 있었다. 한국전쟁을 겪은 후 70여 년 동안 끊임없이 도발을 해 온 북한의 도시에 대한민국의 자본과 사람이 투입되었다는 사실은 한때 군인이었던 그를 혼란 속에 몰아넣었다.

"너무 가깝지?"

"생각보다 훨씬 가깝네요."

"사실 개성 공단의 최고 장점은 낮은 인건비가 아니라 서울과 엄청 가깝다는 거야. 차로 한 시간이면 도착이거든."

"이렇게 가까울 줄은 몰랐습니다."

"그런데 말이야. 이곳에서 지내다 보면 엄청 멀리 떨어져 있다는 걸 느끼게 될 거야."

의미심장한 그의 말에 강민규는 마른침을 삼키며 고개를 끄덕거렸다. 두 사람이 탄 차를 포함한 차량 행렬은 스타렉스를 따라 활짝 열린 철문 안으로 들어갔다. 원종대 사장이 큰 목소리로 말했다.

"개성 공단에 온 걸 환영하네."

가볍게 고개를 끄덕거린 강민규는 갑자기 이마가 뜨거워지면서 머리가 어지러워졌다. 원종대 사장이 말한 개성 공단 증후군이 시작된 모양이었다.

* * *

철문 안으로 들어선 차들은 뿔뿔이 각자 목적지로 흩어졌다. 특별할 것이라고 생각했던 개성 공단의 모습은 경기도나 지방의 공단과 별다른 바가 없었다. 교통 표지판이나 신호등은 대한민국과 똑같았다. 단지 그 신호등 아래 서 있는 것은 북한 교통 안전원이었다. 그가 눈을 떼지 못하자 원종대 사장이 피식 웃었다.

"다 우리가 지어 준 거야. 전기랑 물도 파주에서 끌어다 쓰고 있지. 전화도 파주 전화국이랑 연결돼 있어."

"전화도 말입니까?"

"대신 국제번호로 떠."

"서울에서 한 시간밖에 안 되는 거리인데도 말입니까?"

"덕분에 보이스 피싱이라는 오해 많이 받았지."

이런저런 얘기를 나누는 사이, 원종대 사장의 차는 제2 공업지구라는 표지판이 있는 도로를 따라갔다. 강민규가 길가에 새로운 건물들이 지어지는 것을 유심히 바라보자 원종대 사장이 설명했다.

"탁아소랑 기숙사를 새로 짓는 중이야. 공장이 늘어나서 직원들이 더 필요한데 이 근처에 사람들은 전부 데려다 쓰고 있거든. 더 멀리서 데려와야 해서 기숙사가 있어야 해."

"공장들이 계속 들어오나요?"

"조금씩 늘어나고 있어. 중국은 인건비가 오를 대로 올랐고, 베트남이나 캄보디아도 마찬가지거든. 인도로 가기도 하는데 거긴 또 너무 멀어서 말이야."

얘기를 주고받는 사이에도 창밖으로 낯선 풍경들이 스쳐 지나갔다. 칙칙한 회사 점퍼나 등산복 차림의 대한민국 사람들과 작업복 차림의 북한 사람들이 자연스럽게 섞여서 걸어가는 중이었다. 양쪽은 물과 기름처럼 달라 보였다. 그가 눈을 떼지 못하자 원종대 사장이 입을 열었다.

"쟤들 처음에 만났을 때는 퀴퀴한 냄새가 나서 죽는 줄 알았어. 지금이야 공장에서 씻으니까 많이 나아졌지."

"북한 사람들은 일 잘합니까?"

"처음에는 골 때렸지. 한번은 말이야. 내가 공장 마당이 지저분해서 청소를 시켰거든. 그런데 다음 날 보니까 담배꽁초가 그대로 있는 거야. 그래서 짜증을 냈더니 오히려 나한테 뭐라고 하는 거야."

"뭐라고요?"

"쓰레기를 치우라고 했지, 담배꽁초를 주우라고는 안 하지 않았느냐고 말이야. 그래서 열이 확 받아서 생산 라인을 멈추라고 고래고래 소리를 질렀더니 정말로 기계들을 세우더라니까, 말도 마라."

생각만 해도 기가 찬다는 듯 원종대 사장은 고개를 절레절레 흔들었다. 계속해서 개성 공단에서 벌어졌던 에피소드를 얘기하는 사이에 두 사람을 태운 차는 공장에 도착했다. 붉은색 벽돌로 만든 3층 건물은 ㄱ자 형태로 생겼다.

구석에 차를 세운 원종대 사장이 내리자 구석에서 담배를 피우던 근로자 몇 명이 인사를 했다. 가볍게 고개를 끄덕거린 원종대 사장이 현관 안으로 들어갔다. 아침나절이긴 하지만 긴 복도는 아직 잠에서 깨어나지 않은 듯 어두컴컴했다. 복도를 걸어가면서 원종대 사장이 나지막하게 말했다.

"잘 알고 있겠지만 북한 사람들이랑 얘기할 때는 주의해. 이 중 삼중으로 감시당하고 있어서 비밀이라는 게 없어. 특히 최고 지도자 얘기는 금기 중의 금기야."

"만약 어기면 어떻게 됩니까?"

"무조건 추방."

짤막하게 대답한 원종대 사장이 복도 끝에 있는 사무실의 문을 열었다. 파티션이 성벽처럼 쳐지고, 전화기와 팩스, 컴퓨터가 놓인 평범한 사무실이었다. 하지만 상당수 근무자가 북한 사람들이었다. 원종대 사장이 들어서자 다들 하던 일을 멈추고 인사를 했다. 원종대 사장이 옆에 선 강민규의 어깨에 손을 올렸다.

"오늘부터 여러분과 함께 일할 관리과 강민규 과장입니다. 따뜻한 박수로 맞아 주세요."

힘없고 형식적인 박수가 울려 퍼지자 원종대 사장이 사무실 직원들을 소개해 줬다.

"이쪽은 유순태 법인장일세."

오른쪽 가슴에 원이라는 글씨가 박힌 회사 점퍼를 목까지 채운 법인장 유순태가 악수를 청했다. 남측 책임자인 법인장은 공장장이 하는 일을 했다. 드문드문 새치가 있는 짧은 머리의 길쭉한 얼굴에는 기름기가 감돌았다. 50대 중반쯤으로 보였는데 굳은살로 가득한 손의 악력이 만만치 않았다. 170대 중반 정도 되는 키에 건장한 체격을 자랑했다. 오랫동안 현장에서 일한 흔적이 온몸에 남아 있었다. 눈에는 굴러온 돌에 대한 의심으로 가득했다. 원종대 사장이 강민규와 악수를 나누는 그에게 말했다.

"앞으로 강 과장에게 재고 관리를 맡기게."

"적응 기간이 좀 필요하지 않겠습니까?"

"최대한 빨리 투입시키게. 사람 없어서 관리가 어렵다고 했잖아."

원종대 사장의 말에 유순태가 악수를 한 손을 거두면서 대답했다.

"알겠습니다."

짧은 순간이지만 그는 두 사람 사이에서 흐르는 냉랭함을 읽을 수 있었다.

법인장 다음으로 소개받은 것은 북측 대표자인 직장장 황철진이었다. 법인장처럼 회사 점퍼 차림의 직장장의 새까만 얼굴에는 주름살이 얼굴 곳곳에 자리 잡았다. 위아래로 그를 살펴본 황철진이 굵직한 목소리로 말했다.

"잘해 봅시다. 선생."

그다음으로 소개받은 것은 총무인 김장엽이었다. 바짝 마른 얼굴에 두툼한 입술, 그리고 툭 튀어나온 눈을 가졌다. 원종대 사장 말로는 공장의 총무는 사실상 북한 정보원이었는데, 웃기게도 노스페이스 점퍼 차림이었다. 가볍게 고개를 끄덕거린 김장엽과는 별다른 얘기를 나누지 않았다.

　사무실 직원은 원종대까지 포함해서 모두 열한 명이었고, 대한민국 사람은 법인장과 생산 라인을 책임지는 이성원 부장, 그리고 재단 라인 쪽을 맡은 홍광일 과장과 그였다. 북측은 직장장과 총무, 그리고 네 명의 여직원으로 이뤄졌다. 여직원들은 자리에서 일어나지 않고 눈인사만 나눴다. 그중 한 명의 미모가 유독 눈에 띄었다. 사무실에서 일하는 북한 사람들은 생산 라인에서 일하는 쪽보다 좀 더 세련되어 보였다.

　인사가 끝나자 원종대 사장이 그를 데리고 공장을 한 바퀴 돌았다. 가장 먼저 간 곳은 3층에 있는 남측 숙소였다. 아파트 현관문처럼 비밀번호를 누르는 전자 도어 록이 있는 숙소는 작은 방이 있는 긴 복도와 거실 겸 식당 역할을 하는 넓은 공간으로 구성됐다. 남측 숙소는 출입문은 물론 개인이 머무는 방에도 전자 도어 록이 붙어 있었다. 통로를 지나 안쪽으로 들어가자 넓은 식탁과 주방이 있는 거실이 나왔다. 앞치마를 두르고 설거지를 하던 중년 여인이 발소리를 듣고 돌아섰다.

　"안녕하세요. 사장님."

　"잘 지냈습니까? 이말자 여사님."

"만날 똑같죠, 뭐. 새로 오신 과장님인가요?"

이말자 여사의 물음에 원종대 사장이 강민규를 소개했다.

"새로 온 강민규 과장입니다. 이쪽은 남측 숙소를 관리하는 이말자 여사야. 원래는 내 공장에서 오랫동안 일한 미싱사라 초창기에 일 가르쳐 주러 여기 올라왔어. 그러다가 북한 사람들이 어느 정도 일을 하게 되면서 숙소를 관리하게 됐지."

"만나서 반갑습니다. 강민규라고 합니다."

"잘 오셨어요. 강 과장님."

간단히 인사를 나누고 나서 원종대 사장이 그가 쓸 방을 보여 줬다. 침대와 책상, 그리고 옷장이 있는 방 한쪽에는 화장실이 붙어 있었다. 평범한 방이었지만 인터넷과 휴대폰 사용이 금지되어 있고, 책과 신문의 반입이 불가능한 곳이라 책상에는 아무것도 없었다. 대신 TV는 반입이 허용됐기 때문에 방마다 하나씩 있었다. 방을 보여 준 원종대 사장이 숙소를 나오면서 말했다.

"비밀번호는 6417일세."

"도둑이라도 들어옵니까?"

"화장실 휴지랑 세면장 비누가 얼마나 많이 없어지는지 알아? 옆 공장에서는 그것 때문에 법인장이 직원들이랑 몸싸움을 벌이는 바람에 짐을 싸야 했어. 사유재산이라는 개념이 없어서 그냥 필요하면 가져가는 식이지. 여기 들어오는 간 큰 도둑은 없지만 조심하는 게 좋잖아."

숙소의 문을 닫은 원종대 사장이 통로 반대쪽을 턱으로 가리켰다.

"저쪽이 북한 애들이 쓰는 탈의실이랑 세면장이야. 그런데 탈의실에 침대 같은 걸 만들어 놓고 야근하고 나서 잠을 잘 때가 있거든. 거리가 가까우니까 신경이 좀 쓰일 수밖에 없지."

얘기를 마친 원종대 사장이 2층으로 내려왔다. 2층은 재단 라인이 있는 곳으로, 커다란 기계로 천을 자르는 작업을 했다. 무거운 원단과 기계를 다뤄야 해서 주로 남자들이 일하고 있었다. 일하는 손놀림은 제법 야무졌다.

"처음에는 생산율이 원래 가지고 있던 공장에 비하면 절반이었지. 지금은 80퍼센트까지는 올라왔어."

"원자재나 완성품은 어디서 입·출고됩니까?"

"1층. 뒤쪽에 창고가 있어."

계단을 타고 아래층으로 내려간 강민규의 귀에 요란한 재봉틀 소리가 들렸다. 형광등 아래로 북한 여성들이 재봉틀 앞에 쭉 앉아 있었다. 칙칙한 회색의 작업복에 머리에는 모자를 썼다. 생산 라인을 지나 뒷문으로 나가자 샌드위치 패널로 만든 가건물이 보였다. 가건물 앞에는 아까 함께 올라온 대형 트럭이 서 있었다. 직원들이 박스를 안에 싣는 중이었다.

"저기가 창고야. 매일 정오에 물건이 나가지."

"여기 관리는 누가 합니까?"

원종대 사장이 때마침 창고에서 나오는 중년의 북한 여성을 바라보면서 대답했다.

"저 여자."

장부를 품에 안은 북한 여성은 풍채가 좋아 보였다. 그 여성이 밖으로 나온 이유는 북한 세관원들 때문이었다. 북한 군복과 비슷한 제복 차림의 세관원들을 맞이한 북한 여성은 얘기를 주고받으면서, 그중 한 명에게 가지고 온 장부를 보여 줬다. 몇 명이 트럭 적재 칸에 들어가서 박스들의 수량을 확인했다.

밖으로 나온 세관원이 문제없다는 뜻으로 고개를 끄덕거리자 문이 닫혔다. 그리고 북한 여성과 얘기를 나누던 세관원이 주머니에서 꺼낸 작은 봉인 장치를 트럭에 붙였다. 그 광경을 바라보던 강민규가 물었다.

"저런 식으로 세관 검사를 하는 겁니까?"

"매일 세관원들이 찾아와."

"원재료와 완성품들은 저 창고에만 있는 겁니까?"

"처음에는 공장 안에 뒀는데 빌어먹을 빨갱이 새끼들이 하나둘씩 집어가는 바람에 창고를 따로 짓고 보관하고 있어. 비누나 휴지 같은 거야 눈감아 줄 수 있지만, 원재료나 완성품은 그럴 수가 없거든."

보기만 해도 답답하다는 표정을 지은 원종대가 그의 어깨에 손을 올리면서 말했다.

"저녁때 나랑 술 한잔하면서 얘기하지."

* * *

사무실로 돌아간 강민규는 자신의 책상 위에 서류가 가득 쌓여 있는 것을 봤다. 직장장 황철진과 구석에서 얘기를 나누던 법인장 유순태가 서류를 바라보는 그에게 말했다.

"그동안 관리과장이 공석이라 봐야 할 서류가 좀 많아. 내일 아침 9시에 회의가 있으니까 그때까지 현황 파악하게."

"알겠습니다."

자리에 앉은 그는 산더미같이 쌓인 서류들을 하나씩 펼쳐서 읽어 봤다. 어차피 원재료나 생산품을 빼돌리는 일을 적발하려면 봐야 할 것들이었다. 직원 현황부터 천천히 서류를 보면서 슬쩍 주변을 살폈다. 파티션 너머로 북한 여직원들이 키보드를 두드리는 소리가 들렸다. 컴퓨터는 통일부의 승인을 받아서 반입이 가능하지만 인터넷이나 흔글 프로그램은 금지였다. 따라서 컴퓨터로 문서를 작성하는 것은 북한 여직원들의 몫이었다.

헌병수사관 시절은 물론이고 민간 조사업자로 일하면서도 남북한 사람들이 한 사무실에서 일을 하는 풍경을 눈앞에서 보리라고는 상상하지 못했기 때문에 자꾸만 헛웃음이 나왔다. 그러자 법인장 유순태가 그의 곁을 지나가면서 대놓고 들으라는 듯 중얼거렸다.

"뽑아 달라고 할 때는 들은 척도 안 하더니 어디서 초짜를 데려다 놨어."

못 들은 척 서류를 읽고 있던 강민규의 책상에 누군가 김이 모락모락 나는 커피를 올려놨다. 고개를 들자 아까 들어올 때 눈에 띄었던 북한 여직원이었다.

"오시느라 고생 많았습니다."

헌병수사관 시절 가끔 청취하던 북한 방송의 아나운서 같은 간드러진 목소리였다. 그 북한 여직원의 명찰에는 백영희라는 이름이 붙어 있었다. 20대 중반 백영희는 동그란 얼굴에 눈이 작은 다른 북한 여성들과는 달리, 계란형 얼굴에 눈이 커서 시원시원해 보였다. 고개를 든 강민규는 미소를 띤 얼굴로 대답했다.

"고마워요."

"커피는 저기 문 옆에 있는 자판기에서 뽑아 드시면 됩니다. 플라스틱 컵은 그 옆에 박스에 놔두세요."

사근사근하게 설명한 백영희가 눈웃음을 남기고 자리로 돌아갔다. 그 후로는 다시 침묵이 찾아왔다. 법인장 유순태가 밖으로 나가자 직장장도 어디론가 자취를 감췄다. 노스페이스를 입은 총무 김장엽은 책상에서 서류를 들여다보는 중이었다. 인터넷을 대신한 팩스가 가끔 주문장들을 토해내고 대화가 없다는 점만 제외하면, 대한민국에서 흔히 볼 수 있는 사무실 풍경이었다.

강민규는 서류들을 차근차근 읽어 가면서 현황을 파악했다. 직원들의 인사를 직접 담당할 수 없었고, 급여도 직접 지급하는 방식이 아니었다. 4대 보험 같은 걸 처리할 필요도 없었기 때문에 오히려 일은 적은 편이었다. 서류들을 보는 사이, 시계가 네 시 반을 넘겼다. 다섯 시가 퇴근이기 때문에 다들 서류를 정리하는 와중에 사무실 문이 열리고, 원종대 사장이 고개를 들이밀었다.

"강 과장. 얼른 정리하고 나랑 저녁이나 먹으러 가지."

사무실 직원들의 시선이 일제히 모여드는 게 느껴졌다. 일부러 천천히 서류를 덮은 강민규가 대답했다.

"알겠습니다."

의자에서 일어난 그는 걸쳐 뒀던 회사 점퍼를 입으면서 사무실 직원들에게 인사를 했다. 밖으로 나오자 복도에서 기다리고 있던 원종대 대표가 빨리 나오라고 손짓을 했다. 아까 타고 들어온 차에 오르자 시동을 건 다음 서둘러 핸들을 돌렸다.

"어차피 관리 위원회에도 들려야 하거든. 걔들도 시간 되면 퇴근하니까 빨리 움직이는 게 좋아."

관리 위원회가 입주한 15층짜리 빌딩은 개성 공단의 건물 중에서 가장 컸다.

"저기입니까?"

"음식점도 있으니 저기서 저녁 먹자고!"

빌딩 옆에는 3층으로 된 벽돌 건물이 있었는데 인공기와 함께 김정은의 초상화가 벽에 붙어 있었다.

"저 건물은 뭡니까?"

"호위총국 건물이야."

"걔들은 최고 지도자를 지켜야 하지 않습니까?"

그의 물음에 원종대 사장이 심드렁한 표정으로 대꾸했다.

"여기는 북한한테 달러가 나오는 오아시스 같은 곳이라서 말이야. 군부는 물론이고 이런저런 곳에서 빨대를 꽂으려고 난리야. 호위총국은 여기서 벌어들인 달러를 최고 지도자한테 가져다 바치는 임무를 수행 중이지. 물론 감시 임무도 수행 중이고 말이야. 저쪽은 웬만하면 쳐다보지도 마."

시큰둥하게 대답한 원종대 대표가 빌딩 앞의 주차장에 차를 세웠다. 빌딩 안에는 관리 위원회 사무실 외에도 BBQ 같은 치킨집과 피자마루, 헬스클럽, 당구장이 있었다. 그 외에도 금강관이라는 큰 식당이 입주해 있었다. 여러 가게의 이름들이 적힌 안내판 앞에 서 있는 그의 어깨를 원종대가 가볍게 쳤다.

"관리 위원회에 갔다 올 테니까 BBQ에서 기다리고 있어. 여기 주인과 종업원 전부 우리나라 사람들이니까 긴장 풀어도 돼."

원종대가 엘리베이터를 타고 올라가는 사이 강민규는 4층에 있는 BBQ로 갔다. 이른 시간이라 손님들이 없어 한산했다. 카운터에 있는 주인과 대걸레로 바닥을 닦고 있던 종업원 모두 대한민국 사람들이었다.

창가에 자리 잡은 그는 종업원이 가져온 팝콘을 먹으면서 창밖을 바라봤다. 묘한 기분이 들었다. 어린 시절은 물론, 입대 후에 부사관으로 지원해서 전역할 때까지 북한은 무섭고 두려운 적이었으며, 상종도 하지 말아야 할 존재였다. 그래서 이렇게 북한 땅에 지어진 개성 공단에 들어와서 일을 하게 될 것이라고는 상상하지도 못했다.

공장 건물들과 도로가 그물처럼 얽혀 있는 창밖의 풍경도 이곳이 북한의 개성이라는 사실을 잊게 만들었다. 공단 옆으로는 개성과 평양을 연결하는 고속도로가 뻗어 있었고, 그 너머로는 개성 시내가 희미하게 보였다. 창밖의 낯선 풍경을 말없이 바라보던 그의 앞에 원종대 사장이 앉았다. 다가온 종업원에게 치킨과 맥주를 시킨 그가 강민규에게 말했다.

"와보니까 어때?"

"많이 다를 거라고 생각했는데 그냥 지방 중소 도시 같아서 놀랐습니다."

"시간이 지나면 적응될 거야. 여기도 사람 사는 곳이라고."

"그렇긴 하네요."

종업원이 가져온 생맥주를 한 모금 마신 원종대 사장이 트림을 길게 하더니 입을 열었다.

"진짜 골 때리는 게 뭔지 알아?"

계속 창밖을 바라보던 강민규가 고개를 돌리자, 그는 지갑에서 1달러짜리를 꺼내서 탁자 위에 올려놨다.

"북한 애들이 이 지랄을 해 대는 게 바로 이 달러 때문이거든. 미제의 각을 떠야 한다느니 본때를 보여 줘야 한다느니 떠들어 대지만, 결국 자기 땅에 우리를 받아들여서까지 달러 모으기에 혈안이 돼 있다는 거지."

코웃음을 친 원종대 사장이 생맥주를 벌컥벌컥 마셨다. 강민규도 생맥주로 목을 축이고 닭 다리를 집어 들었다.

"재미있는 동네네요. 여긴."

진심이 묻은 그의 말에 원종대 사장이 탁자에 놓인 달러를 챙기면서 대답했다.

"골 때리는 동네지. 서로 못 잡아먹어서 안달인 인간들이 달러 벌자고 모여서 이 짓거리를 하고 있으니까 말이야."

"법인장은 어떤 사람입니까?"

지나가는 말처럼 물었지만 원종대 사장은 그 속에 담긴 의미를 금방 잡아낸 것 같았다.

"개성에서 잔뼈가 굵은 사람이야. 초창기부터 있어서 산증인이나 다름없지."

"거의 일을 안 하는 것 같은 눈치던데요."

"여기선 존재만으로도 도움이 되는 경우가 있어."

쓸쓸한 미소를 지은 원종대 사장이 창밖을 바라봤다.

"여기서는 북한 사람들이랑 별 탈 없이 잘 어울리는 게 무엇보다 중요해. 그 친구가 의심스럽나?"

"그렇습니다."

강민규의 대답을 들은 원종대 사장이 생맥주잔을 들면서 대답했다.

"잘 지켜봐. 범인만 찾으면 내가 알아서 할게."

퇴근 시간이 지나자 한산하던 가게 안은 순식간에 사람들로 가득 찼다. 바로 옆에 있는 피자집도 연신 포장해 가는 사람들로 붐볐다. 모두 대한민국 사람들이었다.

"전부 올라온 사람들이네요."

"북한 애들은 이런 데 못 들어와. 우리랑 짝짜꿍하는 총국 사람들이면 몰라도 말이야. 이 맥주 한 잔 값이 걔들 한 달 월급이거든. 거기다 여기서 우리랑 술잔을 기울이면 다음 날 당장 어디

론가 끌려갈걸."

"기묘한 곳이네요."

"가끔은 이곳에 있다 보면 유령이 되는 기분이야. 북한 사람들은 우리가 눈에 안 보이는 것처럼 대하고 있으니까 말이야. 북한 사람들과 함께 일하지만, 한편으로 그들 입장에서 우리는 없어야 되는 존재지."

"그래도 지내다 보면 가까워지지 않겠습니까?"

"가깝게야 지내지. 하지만 말 한마디 잘못하면 죽을 수도 있으니까 언제든 안면박대하는 놈들이야. 여긴 해서는 안 되는 일로 가득한 동네거든."

"우리 쪽 사람들이 사고를 치면 어떡합니까?"

"무조건 추방이라고 했잖아. 그리고 다시는 못 들어와."

"이유 여하를 막론하고 말입니까?"

강민규의 물음에 들고 있던 잔을 내려놓은 원종대 사장이 깊은 한숨을 쉬었다.

"이 동네가 북한 땅이잖아. 원칙적으로는 북한 법률이 적용돼야지! 그런데, 만약에 한국 사람한테 무슨 일이라도 생겨 봐. 개성 공단은 빨갱이한테 나라를 팔아넘기는 일이라고 입에 거품을 무는 인간들은 더 큰소리를 낼 거고, 여기에 들어오려는 사람도 없을 거야. 기업들도 투자를 못 하겠지."

"그래서 북한이 양보한 겁니까?"

"북한 입장에서도 자존심이 걸려 있으니까 그렇게는 못 하지."

"그래서 결론이 뭡니까?"

질문을 받은 원종대 사장은 어깨를 으쓱거렸다.

"없어."

"그게 무슨 뜻입니까?"

"결론을 내리지 않았다는 뜻이야. 애매모호하게 처리했지. 그래서 이쪽에서 사고를 친 경우에는 가벼우면 다시는 사고를 치지 않겠다는 각서를 받고 심하면 추방해 버리는 거지. 북한 쪽은 설명 안 해도 알겠지? 소문에는 개성 시내에서 공개 처형 같은 걸 한 적이 몇 번 있었대."

"그럼 범인을 잡아도 처벌하기가 어렵겠네요?"

"그러니까 범인을 잡을 생각은 하지 말고 물증만 확보하게. 알았지?"

"알겠습니다."

한참 얘기가 오간 후에 침묵이 흘렀다. 어느 정도 배를 채운 강민규는 문득 호기심이 들었다.

"그럼, 여기서 큰 사고가 나면 어떻게 됩니까?"

"아까 얘기했잖아. 추방이라고."

"그 정도로 감당할 수 없으면요?"

얼굴을 찌푸린 원종대 사장이 무슨 뜻인지 눈치채고는 손가락을 까닥거렸다.

"여긴 사고가 나면 안 되는 동네야."

"제가 있던 군대도 사고가 나면 절대 안 되는 곳이었습니다. 원래 사고는 절대 일어나지 말아야 할 곳에서 일어납니다."

"아무튼, 여긴 사고가 나서는 절대로 안 되는 곳이야."

얘기를 들을수록 답답해진 강민규는 말없이 맥주를 들이켰다. 그런 강민규에게 원종대가 깊은 한숨과 함께 말했다.

"여긴 대한민국이나 북한이 아닌 제3의 공간, 아니 제3의 도시라고."

어두워진 창밖으로는 일을 마친 북한 직원들을 태운 셔틀버스들이 보였다. 북한 안에 존재하는 대한민국인 개성 공단에도 밤이 찾아온 것이다. 개성 공단 증후군인지 모를 두근거림과 두통을 겪는 강민규의 첫날밤도 함께 저물어 갔다.

2. 낯선 땅에서

　원종대 사장은 공장 숙소에서 하룻밤 자고 다음 날 아침 일찍 나섰다. 출발 전에 개성 공단 주유소에서 파는 면세유를 차에 채우기 위해서였다.

　출발하는 사장을 배웅한 직원들은 현관에 서서 출근하는 북한 직원들을 맞이했다. 셔틀버스에서 내린 직원들이 삼삼오오 모여서 공장 안으로 들어왔다. 현관 옆에 있는 보관함에서 꺼낸 명찰을 가슴에 달고는, 총화를 갖기 위해 3층으로 올라갔다. 강민규는 북한 직원들의 출근을 지켜보고 사무실로 돌아와서 회의에 참석했다.

　각자 할 일을 보고하면서 회의가 마무리됐다. 끝날 즈음 유순태가 자리에 앉는 그에게 넌지시 말했다.

　"의욕이 넘치는 건 좋은데 여긴 개성 공단이라는 걸 명심하게."

　"월급 받고 일하는데, 놀 수야 없지요. 재고 장부부터 확인해 보겠습니다."

"여긴 여기만의 방식이 있네. 괜히 문제 일으키지 마."

강한 어조로 얘기를 마무리한 유순태가 사무실을 나가 자기 방으로 향했다. 그가 만든 어색한 분위기에 사무실에는 침묵이 흘렀다. 강민규는 아무 말 없이 자판기에서 커피 한 잔을 뽑아 들고 자리에 앉았다. 그리고 어제 봤던 서류들을 하나씩 들췄다.

한참 서류를 살펴보던 강민규는 서류를 덮고 일어났다.

"잠깐 공장 한 바퀴 돌고 오겠습니다."

딱히 누구에게 얘기한 것은 아니라서 대답을 기다리지 않고 밖으로 나왔다. 복도에서 직장장 황철진과 마주 서서 얘기를 주고받던 유순태가 못마땅한 눈으로 그를 바라봤다. 가볍게 목례를 한 강민규는 생산 라인을 살펴봤다. 공장은 바쁘게 그리고 규칙적으로 돌아갔다. 미싱기 소리가 정신없이 들리는 가운데 놀랍게도 대한민국 가요가 흘러나왔다.

미싱기를 만지다가 호기심 어린 눈길로 바라보는 북한 직원들과 가볍게 눈인사를 나누고 2층으로 올라갔다. 기계를 다루는 재단 라인은 상대적으로 남자가 많았다. 그가 통로를 지나는데 누군가 앞을 가로막았다. 작은 체구에 북한 사람 특유의 깊게 주름진 얼굴은 광대뼈가 심하게 튀어나오고 턱이 작아서 마치 각시탈을 보는 기분이었다. 각시탈이 그를 올려다보면서 입을 열었다.

"새로 오신 과장님인가 보군요."

다들 쳐다보기만 할 뿐 말을 붙일 생각을 하지 않는데, 이틀 만에 처음으로 북한 사람이 말을 건 것이다. 얼떨떨해진 그는 가볍게 웃으면서 손을 내밀었다.

"강민규라고 합니다."

"재단 라인 제2 반장 공혁수입니다."

TV나 대남 방송에서 듣던 높고 카랑카랑한 말투가 아니라 서울 말투와 놀랍도록 유사했다. 강민규의 눈치를 살핀 공혁수가 크게 웃었다.

"남조선 TV에 나오는 공화국 말투랑 달라서 놀라셨습니까? 여긴 황해남도입니다. 황해남도."

공혁수의 넉살에 재단 기계를 다루던 북한 직원들 몇 명이 키득거렸다.

몇 마디 얘기를 더 나누고 공장 뒤에 있는 창고로 향했다. 어제처럼 세관원이 지켜보는 가운데 트럭에 한창 박스를 싣는 게 보였다. 공장이 돌아가는 시스템을 감안하면 라인에서 일하는 직원들을 직접 통제하지 못하는 이상, 정확한 재고 수량을 파악하는 것은 불가능했다. 주문과 생산이 끊이지 않는 상황이라 입고와 출고를 정확하게 파악하는 것도 불가능했다.

다른 곳이라면 하루 정도 라인을 멈추고 대대적인 재고 조사를 하거나 창고를 이 잡듯이 뒤지면 가능하지만, 여기는 직원들에게 직접 지시를 내릴 수 없는 개성 공단이었다. 원자재나 완성품이 빼돌려진다는 원종대 사장의 얘기 역시 엄밀하게 얘기하면 추측에 불과했다. 창고를 뒤져 본다고 해도 장부를 맞춰 보지 않으면 현재 재고가 얼마만큼 있고, 얼마나 부족한지를 알 수 없다. 결국은 빼돌리는 현장을 직접 보거나 자백을 받는 방식밖에는 없었다. 헌병수사관 시절 지겹게 겪었던 상황이었다.

피해자는 있는데 가해자는 없는 상황, 아니면 누가 주동자인지 모르는 상황에서 그가 선택할 수 있는 것은 관찰과 압박이었다. 지속해서 주변을 배회하면서 지켜본다는 사실을 보여 주면 압박감에 못 이긴 쪽에서 먼저 실수를 하거나 자백을 했다. 하지만 이곳은 개성 공단이었다.

그가 이런저런 생각을 하는 사이 세관원들이 트럭의 뒷문을 닫고 봉인을 붙였다. 트럭이 출발하는 모습을 지켜보던 그의 귓가에 점심시간을 알리는 벨이 울렸다. 일손을 놓은 북한 직원들이 도시락을 옆에 끼고 3층의 식당으로 향했다. 이들은 공장에서 제공하는 국과 함께 집에서 싸 온 도시락을 먹었다. 대한민국 직원들은 3층의 직원 숙소에서 따로 모여서 밥을 먹었다. 직원들이 자리를 뜨는 것을 본 강민규는 창고로 향했다.

창고 안에는 대한민국에서 올라온 원자재들이 하얀 비닐에 포장된 채 구석에 쌓여 있었고, 반대편 앵글에는 납품회사의 마크가 박혀 있는 박스가 들어가 있었다. 나름대로 정리는 잘돼 있었지만 이 안에 어떤 비밀과 속임수가 숨겨져 있는지는 알 수 없었다.

창고를 나온 강민규는 식사를 하기 위해 3층으로 향했다. 문 근처에서 동료들과 신나게 떠들고 있던 공혁수가 그를 보고 슬쩍 눈인사를 건넸다. 가볍게 응대를 하고 3층으로 올라간 강민규는 식사를 마쳤다. 법인장인 유순태와 대놓고 갈등을 일으킨 탓인지 아무도 그에게 말을 붙이지 않았다.

식사를 마친 강민규는 커피를 한 잔 뽑아 들고 공장의 마당으로 나왔다. 식사를 마친 북한 근로자들이 모여서 배구를 하는 중이었다. 서서 구경하다가 사무실로 돌아온 강민규는 자리에 앉으면서 백영희에게 말했다.

"영희 씨. 창고 관련 서류들 챙겨서 주세요."

"언제부터 언제까지요?"

"처음부터 지금까지 전부요."

어차피 다른 방법이 없다면 들쑤시는 수밖에는 없었다. 반응은 즉각적으로 찾아왔다. 백영희가 눈치를 보면서 머뭇거리는 사이 유순태가 나선 것이다.

"감사하러 온 거야?"

"현황 파악 중입니다. 아무도 인수인계를 해 줄 생각을 안 해서 말이죠."

싸늘한 기운이 사무실을 감돌았다. 있는 듯 없는 듯했던 총무 김장엽도 목을 길게 빼고 두 사람을 쳐다봤다. 유순태가 그가 앉은 자리까지 다가왔다.

"경고하는데 까불지 마."

"까부는 게 거슬리면 알아듣게 직접 알려 주시죠."

"사장 낙하산이라고 눈에 뵈는 게 없나 본데 여긴 개성 공단이야."

두 사람 간의 팽팽한 기 싸움을 뜯어말린 건 백영희였다.

"거, 사내대장부들이 계집애처럼 말싸움이나 하고 뭡니까? 나가서 싸우세요."

사무실에서의 충돌은 그걸로 막을 내렸다. 진짜 주먹다짐을 할 수는 없었기 때문에 유순태가 짜증을 내면서 문을 박차고 나가 버렸다. 강민규는 조용히 서류를 펼쳤다.

며칠이 지나고, 원종대 사장이 다시 공장에 모습을 드러냈다. 유순태 법인장의 업무 보고를 받고 개성 공단 관리 위원회 빌딩에 있는, 금강관이라는 식당에서 강민규와 점심 식사를 했다. 입구가 보이는 카운터에 있던 주인이 원종대 사장을 반갑게 맞이했다.

불고기가 곁들여진 냉면으로 배를 채운 강민규에게 원종대 사장이 물었다.

"어때?"

"장부는 눈가림으로 만들어 놨습니다. 입·출고 날짜랑 수량이 엉터리로 적혀 있습니다."

"그건 우리 공장만 그런 건 아니라서 말이야."

"원자재와 완성품 수량도 교묘하게 맞추는 거 같습니다."

"어떻게?"

"입·출고 장부에 나오는 수량대로 끼워 맞추는 거죠. 박스를 대충 쌓아 놓거나 원자재 봉지를 개봉해서 덜어내는 방식으로요. 눈 가리고 아웅 하는 겁니다."

강민규의 설명을 들은 원종대 사장이 묵묵히 냉면을 먹었다. 그러고는 마지막 국물까지 깨끗하게 비운 다음에 길게 트림을 했다.

"꼬리를 잡을 수 있겠어?"

"입·출고가 눈에 익으면 잡아낼 수 있지만 몇 달 걸릴 겁니다. 그리고 그게 해결 방법이 될 수는 없습니다."

"무슨 뜻인가?"

"설사 제가 현장을 목격하거나 결정적인 증거를 잡는다고 해도 여기서는 처벌할 방법이 없지 않습니까?"

"그건 내가 알아서 하겠네."

"물건을 빼돌리는 게 한두 명이 아니라고 해도요?"

원종대 사장이 잠자코 쏘아봤다.

"저는 이런 상황을 군대에서 지겹게 많이 겪어 봤습니다. 창고에서 물건이 없어지는 건 보통 한두 명 선에서 벌어지는 게 아닙니다. 직간접적으로 엄청나게 많은 관련자가 가담하거나 묵인해야만 가능합니다."

"그러니까 내 공장에 전부 도둑놈만 있단 얘긴가?"

"며칠 동안 제가 느낀 게 뭔지 아십니까? 평온함입니다."

강민규의 얘기에 원종대 사장이 의아하다는 표정으로 물었다.

"평온한 게 문제가 되나?"

"사람은 죄를 저지르고 있다는 걸 자각하면 언제 들통날지 두려워하게 됩니다. 그래서 겉으로는 멀쩡해도 자세히 살펴보면 낌새를 눈치챌 수 있습니다. 하지만 이 공장에서는 그런 게 전혀 느껴지지 않습니다. 전부 도둑놈이냐고요? 그 정도는 아니겠지만 상당히 많은 도둑놈이 있습니다."

"해결 방법을 찾아봐."

"법인장부터 남측 직원들을 다른 공장으로 보내든지 아니면 모두 해고하십시오. 그러면 남아 있는 사람들에게 경고가 될 겁니다."

"그게 말처럼 쉬운 일이면 너한테 이렇게 부탁하지도 않았어."

"어차피 제대로 관리를 하지 않은 책임은 물을 수 있지 않습니까? 지금으로서는 그게 가장 좋은 방법입니다."

"그렇게 한꺼번에 다 내보냈다가는 관리 위원회랑 틀어질 수 있어. 거기선 일을 크게 만드는 걸 굉장히 싫어하거든."

"그럼 법인장만이라도 교체하십시오."

"그 사람은 개성 공단 전문가일세. 지금은 일을 안 하고 놀고 있는 것처럼 보이지만 일이 터지면 그 사람 도움이 필요해."

"만약 법인장이 이 문제와 관련이 있다고 해도 그냥 놔두실 겁니까?"

그 얘기를 끝으로 두 사람은 한동안 눈싸움을 했다. 퉁퉁한 손가락으로 탁자를 몇 번 툭툭 친 원종대 사장이 침묵을 깨고 입을 열었다.

"쉽지 않은 문제라는 건 잘 알아. 하지만 지금으로서는 조사를 계속하는 게 유일한 방법이네. 어차피 물증이 있어야 처벌을 하든 용서를 하든 할 거 아닌가?"

틀린 얘기는 아니었기 때문에 강민규도 수긍할 수밖에 없었다.

* * *

공장의 현황을 대충 파악한 강민규는 주변 공장을 방문했다.

그리고 담당자를 만나서 재고 조사와 원자재 관리를 어떻게 하는지 알아봤다. 대략 돌아가는 사정을 파악한 강민규는 다른 공장에서 얻어 온 자료들을 하나하나 대조해 갔다. 유순태는 그런 강민규를 불안한 눈길로 바라봤지만 딱히 말리거나 시비를 걸지는 않았다.

법인장과 갈등을 벌이고 있는 덕분에 사무실 직원들과도 서먹서먹한 관계가 이어지면서 아무도 그에게 말을 붙이지 않았다. 다만 백영희만이 그에게 간간이 얘기를 건네면서 필요한 자료들을 건네줬다.

점심을 먹고 혼자 밖으로 나온 강민규는 담배를 사기 위해 공장 근처에 있는 CU 편의점으로 갔다. 많지는 않지만 편의점이 몇 군데 있고, 놀랍게도 우리 은행 출장소도 있었다. 물론 달러밖에는 사용하지 않지만 말이다. 개성 공단은 북한 땅에 있고, 대한민국의 자본으로 세워졌다. 하지만 이곳에서 유통되는 돈은 원화나 북한 돈이 아닌 미국 달러였다.

몇 년 전에 담배를 끊긴 했지만 이런저런 정보를 알아보려면 담배가 있는 게 좋을 거 같다는 생각에 강민규는 편의점으로 발걸음을 옮겼다. 문을 열고 안으로 들어가는데 때마침 밖으로 나오는 유순태와 마주쳤다. 그가 살짝 옆으로 비켜 주면서 눈인사를 했지만 유순태는 못 본 척 지나쳤다. 안으로 들어가자 편의점

조끼를 입은 북한 출신의 아르바이트가 어설프게 인사를 했다.

"어서 오세요."

곧바로 카운터로 가서 담배 한 보루와 일회용 라이터 몇 개를 샀다. 면세였기 때문에 담배 가격이 어마어마하게 쌌다. 지갑에서 꺼낸 달러를 내밀자 잔돈 대신 CU 마크가 찍혀 있는 쿠폰을 건네줬다. 1달러 이하의 잔돈은 가져다 놓지 않고 쿠폰으로 대신 주는 것이다. 쿠폰을 챙기는데 북한 출신의 아르바이트가 덧붙였다.

"인터넷이 연결 안 돼서 적립은 안 됩니다."

여기까지 와서 알뜰하게 적립해 가는 사람이 있다는 생각에 저절로 웃음이 난 강민규는 괜찮다고 말하고는 쿠폰을 챙겼다. 그가 계산을 마치자 기다리고 있던 다른 손님이 품에 안고 있던 상품을 데스크에 내려놨다. 바코드 기계를 든 북한 아르바이트의 목소리가 들렸다.

"오늘도 초콜릿 드십니까? 선생님."

초콜릿을 산 손님은 익숙한 듯 돈과 쿠폰을 합쳐서 거스름돈 없이 정확한 액수를 계산했다.

시간이 흐르면서 그는 조금씩 땅에 스며드는 물처럼 개성 공단에 익숙해져 갔다. 강민규는 숙소에서 아침에 일어날 때마다 이곳이 북한 땅 한복판이라는 사실에 깜짝 놀라면서도, 아침에 출근하는 북한 근로자와 스스럼없이 인사를 하는 모습에 낯섦을 느꼈다. 하지만 인사를 나누고 난 뒤에는 더 이상의 얘기는 나누지 않겠다는 듯 입을 다물었다. 사람들은 규제와 불편함의 틈새를 비집고 들어가서 숨 쉴 구석을 찾았다. 그것은 강민규도 마찬가지였다.

책과 인터넷이 없는 개성 공단에서 유일한 놀거리는 바로 운동이었다. 관리 위원회 빌딩에는 제법 큰 헬스클럽이 있고, 운동장에서는 주말마다 운동 경기가 열렸다. 편의점에서 피는 캔 맥주를 사 들고 운동장의 스탠드에 앉은 강민규는 유니폼을 입고 뛰는 축구 경기를 구경했다. 군대에서 지겹게 하던 축구는 이곳에서 정기적으로 리그가 열렸다.

그는 축구 구경을 하면서 다른 공장의 관리자로부터 필요한 자료들을 건네받았다. 사무실에서 들여다보다가는 유순태가 어떻게든 훼방을 놓을 게 뻔했기 때문에 일부러 밖에서 보기로 한 것이다. 자료들이 쌓여 가자 명확하진 않지만 누가 어떤 게임을 하는지, 그리고 어떤 선수들이 참가했는지 대략 그림이 그려졌다.

문제는 이렇게 사라진 것들의 행선지였다. 개성 공단은 주변이 이중으로 된 펜스에 막혀 있다. 드나들 수 있는 곳은 모두 두 곳으로, 하나는 개성 공단으로 들어오는 대한민국 사람들이 이용하는 곳이고, 다른 한 곳은 북한 근로자들이 드나드는 곳이었다.

경기장 스탠드에서 대충 자료를 살펴본 그는 공장 근처의 편의점으로 향했다. 편의점 앞에는 그나마 가깝게 지내는 공혁수가 기다리고 있었다. 그와 함께 북한 근로자들이 나가는 출입문을 살펴봤다. 자동 보총을 든 경비병이 지켜보는 가운데, 일을 마친 근로자들이 줄지어 개성 공단을 빠져나가는 게 보였다.

원칙적으로 개성 공단에서 일하는 북한 근로자들은 밖으로 나갈 때 소지품 검사를 받는다. 하지만 사소한 것 하나라도 개성 공단의 물건을 가지고 나오면 돈이 되기 때문에 다들 수단과 방법을 가리지 않았다. 발각이 되면 처벌을 받기 때문에 경비를 서는 보위대에게 뇌물을 먹이는 방법을 비롯해 다양한 방법이 동원된다고 공혁수가 알려 줬다. 그리고 더 흥미로운 사실도 말해 줬다.

"여기서 가장 으뜸으로 치는 직업이 뭔 줄 아십니까?"

"뭔데요?"

"바로 쓰레기 처리하는 미화공입니다."

"왜요?"

"다 돈이잖아요. 박스부터 비닐이며 천까지, 버릴 거 하나 없거든요. 그거 한 트럭이면 2,000달러는 충분히 받을 겁니다."

"그걸 어디다 쓴다고요?"

"여기에서 일한, 기술을 가진 사람이 얼마나 많은데요. 그 사람들이 물건을 만드는 데 원재료가 됩니다."

개성 공단은 북한 땅 안에 자본주의와 상품을 조금씩 퍼트리는 중이었다. 초코파이가 돈처럼 거래된다는 사실도 신기했지만, 바늘로 찔러도 피 한 방울 안 나올 것 같던 북한 사람들이 돈을 벌기 위해 수단 방법을 가리지 않는 모습을 보였다. 머릿속으로 한없이 생각을 하면서 바라보는데 갑자기 비명이 들렸다.

"한 번만 봐주세요. 집에 애들이 있어요."

보위대에게 붙잡힌 여인이 몸부림을 치면서 내는 소리였다. 빠져나가기 위해 안간힘을 쓰던 여인은 급기야 바닥에 드러누웠지만 별 소용이 없었다. 건장한 보위대가 여인을 건물 안으로 질질 끌고 들어갔다. 그걸 본 공혁수가 혀를 찼다.

"뇌물을 적당히 바쳐야지, 무작정 감추고 나간다고 되나?"

"저렇게 물건을 빼돌리다가 걸리면 어떻게 됩니까?"

"집에 가서 노력 동원이나 나가야지요. 당 간부한테 뇌물로 몇백 달러는 쓰고서 들어왔을 텐데……."

"여기에 일하려고 들어오는 게 엄청 힘듭니까?"

"여기서 일하면 못해도 중간층은 되니까요. 그래서 밖에서는 도둑들이 여기서 일하는 사람이 사는 집들을 노립니다. 다른 집들보다 털 게 많거든요. 지대 혁명이라는 얘기는 들어 보셨습니까?"

공혁수의 물음에 그는 고개를 저었다.

"아뇨."

"공화국에서는 사는 곳을 옮기려면 돈과 시간이 엄청나게 많이 들지요. 그래서 지대 혁명이라고 부릅니다. 그렇게까지 해서 개성으로 주소를 옮겨 놔야만 이곳으로 일하러 들어올 수 있습니다."

북한 땅 안에 대한민국이 존재하는 것이나 다름없었기 때문에 엄청난 규제와 통제가 가해졌지만, 정작 그 안에 있는 사람들은 어떻게든 빈틈을 찾아냈다. 생각에 잠겨 있던 그에게 공혁수가 넌지시 말을 건넸다.

"사라진 원재료들을 찾으라고 사장이 보냈다는 소문이 있습니다."

그 문제를 가지고 법인장 유순태와 몇 번이고 말다툼을 했기 때문에 공장 안에서는 딱히 비밀도 아니었다. 그가 긍정도 부정도 하지 않는 묘한 웃음을 지어 보이자 공혁수가 고개를 저었다.

"거, 남조선 사람들은 뭘 그렇게 숨기는 게 많습니까?"

"다 그런 건 아닌데 여기라서 그런 모양입니다."

주변을 쭉 둘러본 강민규가 대답했다.

"가서 야근해야 하니까 공장으로 돌아가면서 얘기하십시다."

앞장서 걷는 공혁수는 마치 선생이 제자에게 가르치는 것처럼 또박또박 말했다.

"우리 공장만 그런 게 아니고 다른 공장들도 모두 남조선에서 물자를 주면 직장장과 반장들이 그걸로 어떻게 물품을 집행할지 결정합니다. 그런데 거기서 큰 도적놈들이 많이 떼어 가지요."

　큰 도적놈들이 누구인지는 묻지 말라는 분위기였다. 잠시 고민하던 강민규는 공혁수에게 담배를 한 갑 건넸다. 담배를 챙긴 공혁수가 능글맞게 웃었다.

　"조절 위원회라는 얘기 들어 보셨습니까?"

　"처음 듣습니다."

　"필요한 물자를 재분배할 때 쓰는 말이지요."

　강민규는 단번에 무슨 뜻인지 알아차렸다.

　"그건 작은 도적들을 지칭하는 말인가요? 남쪽에다가 방송할 때는 공화국은 천국이라고 하더니 그게 아닌가 봅니다."

　공혁수는 담배 한 개비를 입에 물었다.

　"고난의 행군 때 어머니가 굶어 죽었습니다. 어머니가 죽은 다음 날은 여동생이 죽었죠. 지금도 상황은 좋지 않습니다. 어떤 말을 해도 결국 공화국이 남조선 기업들에게 땅을 내준 건 달러가 급하다는 뜻 아니겠습니까? 우린 필요하면 나눠서 씁니다. 어차피 남조선에서는 우리를 싼값에 부려 먹지 않습니까?"

　잠시 침묵이 흘렀다.

　공혁수의 얘기는 강민규를 마음만 먹으면 당장 개성 공단에서 쫓아낼 수 있을 정도로 굉장히 수위가 높았다. 하지만 그가 스스럼없이 얘기한다는 것은 믿는 구석이 있다는 뜻이었다. 뿌연 담배 연기를 안개처럼 내뿜은 공혁수가 흐릿한 웃음을 지었다.

"그러니 너무 억울해하지 마십시오."

"한두 명이 걸려 있는 게 아니니까 캐낼 생각하지 마라, 이 얘깁니까?"

"남조선 사람들은 우릴 생각 없이 시키는 대로 하는 바보 명청이인 줄로만 알고 있지요. 하지만 공화국 인민들은 고난의 행군을 이겨 낸 사람들입니다."

애매모호하게 얘기했지만 무슨 뜻인지는 명확하게 알 수 있었다. 그렇게 얘기를 주고받는 사이 공장에 거의 도착했다. 공혁수가 먼저 가겠다는 말을 남기고 공장 안으로 들어갔다. 홀로 남은 강민규는 맥주 생각이 간절해져서 회사 근처의 편의점으로 발길을 돌렸다.

캔 맥주와 안주로 먹을 새우깡을 집어 들고 카운터로 오다가 지난번 봤던 옆 공장 사람과 마주쳤다. 초콜릿을 든 그는 지갑을 놓고 왔는지 주머니를 뒤지는 중이었다. 돈이 없으면 초콜릿을 제자리에 놓고 나가도 되는데, 그 생각마저 못 하는지 상당히 당황해하는 것 같았다. 강민규는 캔 맥주와 새우깡을 내려놓으면서 그에게 말했다.

"제가 같이 계산해 드리죠."

"감사합니다. 지갑을 두고 나왔나 보네요."

초콜릿을 든 그는 밖으로 나오자 인사를 했다.

"원 실업에서 일하시죠? 저는 바로 옆 맑은 샘에서 일하는 김재천 과장이라고 합니다."

검은색 회사 점퍼 차림의 김재천 과장은 숱이 없는 머리에 얇은 뿔테 안경을 썼다.

"반갑습니다."

"잠깐 기다려 주시면 제가 금방 들어가서 돈 가지고 나오겠습니다."

"돈은 괜찮고 부탁 한 가지만 드려도 될까요?"

"부탁이요?"

"주말에 밖으로 나가시죠? 저 좀 태워 주셨으면 해서요."

"아이고, 얼마든지요. 금요일 오후에 시간 맞춰서 회사 앞으로 오십시오."

* * *

금요일 오후가 되자 일찍 일을 마친 강민규는 김재천 과장의 차를 타고 개성 공단을 빠져나왔다. 문산이 집이라는 그는 개성 공단에 대해서 이것저것 들려줬다. 그 역시 개성 공단에서만 몇 년째 일하고 있었다. 왜 이곳에서 계속 일하고 있느냐는 물음에 핸들을 잡은 그가 피식 웃었다.

"저녁이 있는 삶이라고 들어 봤어요? 십 년 전쯤에 어떤 정치인이 구호로 내세운 얘기죠."

"기억납니다."

"지방대 졸업한 다음에 거짓말 안 하고 제가 쓴 이력서가 천통은 넘을 겁니다. 그런데 도통 연락이 안 왔어요. 간신히 들어간 지방의 중소기업은 거지 같아서 반년 만에 때려치우고 나왔죠. 그러다가 우연히 여길 알게 됐어요. 처음에는 개성 공단이라고 해서 겁도 나고 무서웠는데 말조심만 하면 지낼 만했습니다."

마치 말이 고팠던 사람처럼 그는 얘기를 계속했다. 남측 CIQ에 들러서 입경 절차를 밟고 휴대폰을 돌려받은 다음에도 얘기는 이어졌다. 안전벨트를 맨 채 앉아 있던 강민규는 휴대폰을 바지에 넣기 애매하자 대시보드를 열고 안에 집어넣으려고 했다. 하지만 대시보드 안에는 초코바가 몇 개 들어 있었다.

"우리 집 애가 초콜릿을 좋아해서요."

대시보드가 열린 것을 본 김재천 과장이 웃으면서 대답했지만 눈은 잔뜩 굳어졌다. 그걸 본 강민규는 대시보드를 닫고 휴대폰을 무릎 위에 올려놨다. 그러자 김재천 과장이 표정을 풀고는 이야기를 더했다.

"진짜 웃긴 건 뭔지 아세요? 여기서는 다섯 시에 일이 칼같이 끝난다는 겁니다. 물론 야근이 있긴 하지만 저랑은 크게 상관이 없어요. 일 끝나고 문산에 있는 제집에 오면 6시 반 정도 됩니다. 금요일은 좀 일찍 퇴근할 수 있고요."

"상상도 못 한 일이네요."

강민규가 맞장구를 쳐 주자 김재천 과장이 껄껄 웃었다.

"반년 동안 일했던 회사에서는 칼퇴근은 엄두도 못 냈거든요. 빨갱이들 덕분에 저녁이 있는 삶을 얻은 셈이죠."

문산역까지 태워 준 그와 작별한 강민규는 승강장에 들어서면서 휴대폰으로 문자를 날렸다. 그리고 사람들 틈에 섞여서 홍대입구역까지 도착한 그는 휴대폰을 꺼내 1시간 남짓 걸렸다는 것을 확인했다. 입출경 절차를 밟는 것까지 포함해서 한 시간 반만에 서울에 도착했다는 것을 깨닫고는 약간의 어지럼증을 느꼈다. 그리고 무표정한 얼굴로 목적지를 향해 걷는 사람들에게 이곳이 얼마나 그곳과 가까운지 외치고 싶은 충동을 느꼈다.

홍대입구역을 나온 그는 한 정거장 거리에 떨어져 있는 합정역의 메세나폴리스로 향했다. 붉게 노을 진 하늘이 서서히 어두워져 갔다. 높은 고층 빌딩 아래 조성된 쇼핑몰에 들어선 그는 1층에 있는 카페에 들어갔다. 구석 자리에 앉은 그는 창밖을 바라봤다.

십 분쯤 후, 원종대 대표가 안으로 들어섰다. 메뉴판도 보지 않고 시킨 아메리카노 두 잔이 놓인 테이블 위에, 개성 공단에서 조사한 자료들을 올려놓은 강민규가 입을 열었다.

"이 일에서 손 떼겠습니다."

원종대 대표는 입을 여는 대신 왜 그런 결정을 내렸는지 설명해 보라는 눈빛을 던졌다. 강민규는 테이블에 올려놓은 자료들을 펼쳤다.

"지난 1년간 개성 공단 안에 있는 다른 공장들의 불량률을 조사한 겁니다. 이쪽은 우리 공장이고, 여기 자료들은 다른 공장들 겁니다. 뭔가 보이지 않으십니까?"

그가 가져온 자료들을 들여다보던 원종대 대표가 중얼거렸다.

"비슷하군."

"관리와 통제가 이뤄지는 중입니다."

"불량률 말인가?"

"그렇습니다."

"개성 공단에 있는 모든 공장이?"

"제가 조사한 공장들은 그렇습니다. 그러니까 일정하게, 눈에 띄지 않으면서도 지속해서 원재료나 완성품이 사라지고 있습니다."

"개성 공단 전체가 말인가?"

믿기지 않는다는 그의 말에 강민규는 펼쳐 놓은 자료를 쳐다

보면서 대답했다.

"빙산의 일각일 수도 있고, 제가 착각했을 수도 있습니다. 하지만 불량률이나 손실률을 보면 정말 일정합니다. 5퍼센트는 넘고 10퍼센트는 넘기지 않습니다. 그리고 10퍼센트를 넘긴 다음 달은 급격하게 떨어져서, 평균을 내면 얼추 비슷하게 맞춥니다. 우리 공장만 그런 게 아니고 다른 공장들도 그런 식으로 굴러가고 있어요."

"자네도 봤다시피 북한 근로자들은 우리랑 여러모로 다르네. 여기 기준으로 판단할 수는 없어."

"개성 공단 물건들이 바깥으로 나가면 엄청나게 고가에 취급되고 있다는 거 아십니까?"

"외부 유출은 불가능하네. 총국에서 철저하게 막고 있거든."

"그렇게 믿고 싶으신 건 아니고요?"

강민규의 말에 원종대 사장의 눈 밑이 파르르 떨렸다.

"며칠 머무르더니 전문가가 다 됐군."

"경고를 받았습니다."

"누구에게서?"

"제가 뭘 조사하고 있는지 아는 사람에게서 말입니다."

"겁이 많은 줄 몰랐네."

펼쳐 놓은 서류를 덮은 강민규가 대답했다.

"TV나 드라마가 아니라 현실이니까요. 사고가 난 대대에 조사를 나가면 입을 미리 맞추는 경우가 많습니다. 빈틈을 파고들면 그다음에는 어떻게 하는 줄 아십니까?"

강민규의 물음에 팔짱을 낀 원종대 사장이 고개를 저었다.

"보통은 짬밥으로 누르려고 하거나 좋은 게 좋은 거라고 눙칩니다. 그게 아니라면 접대를 하려고 시도하기도 하죠. 하여튼 엄청 머리를 써서 넘어가려고 합니다."

"그럴 경우는 어떻게 해?"

"사건이 제 선까지 올라왔다는 얘기는 그런 게 먹힐 때가 아니라는 얘깁니다. 저도 알고 걔들도 알아요. 하지만 혹시나 하는 마음에 승부를 거는 거죠. 그리고 이도 저도 안 되면 조사관을 협박합니다. 건드리면 좋을 게 없다고 말이죠."

"고생이 많았군."

원종대 사장의 말에 강민규는 고개를 절레절레 저었다.

"하지만 전 겁을 먹지 않습니다. 제가 힘이 더 세거든요. 그리고 그걸 서서히 주입시킵니다."

"당사자에게 말인가?"

"아뇨. 주변 사람들이요. 목격자와 가담자 말입니다. 보통 우리가 들어가기 전에 대대에서는 말을 맞춥니다. 그리고 예행연습까지 하죠. 전체가 공범이라고 보시면 됩니다."

"그 정도까지라고는 생각하지 못했어."

"군대는 거대한 우물입니다. 그 안에 개구리들만 가득해요. 아무튼, 사고가 난 대대에 도착해서 내리면 분위기가 딱 읽힙니다. 부사관 학교 졸업하고 한 번도 보지 못했던 동기들이 우르르 나와서 친한 척을 하고, 병사들이 나와서 별거 아니었다는 식으로 둘러대죠. 하지만 저는 그게 거짓말이라는 걸 잘 압니다. 완벽한 사냥개였거든요."

이야기가 점점 무거워지자 원종대 사장도 더 이상 맞장구를 치지 못했다.

"그렇게 주변을 어슬렁대면 배신자들이 나옵니다. 보통은 일, 이등병들이죠. 그리고 하사 초임들이 입을 잘 엽니다. 그렇게 한 명이 털어놓기 시작하면 사건을 캐내는 건 금방입니다. 저는 사냥개고 힘이 세니까 그렇게 물고 늘어지는 게 가능합니다. 하지만 개성 공단이라면 얘기가 달라집니다."

"그래서 발을 빼겠다!"

"만약 우리 공장 안에서만 벌어지는 일이라면 어떻게든 해 보겠습니다만 이건 그 정도가 아닙니다. 개성 공단에는 저 혼자 있는 거나 다름없습니다. 제가 제안한 직원 교체 건은 받아들이지 않으셨고요."

강민규의 말을 듣고 곰곰이 생각하던 원종대 사장이 가만히 고개를 끄덕거렸다.

"좋네. 자네가 못하겠다면 할 수 없지. 대신 착수금은 돌려주게."

"네?"

"조사를 했는데 범인을 잡지 못했다면 모르겠지만 이건 자네가 자발적으로 포기한 거잖아."

"해결 방법은 말씀드렸습니다."

"그건 해결 방법이 아니라 덮는 거지. 내가 그 정도도 생각 못했을 줄 아는가?"

한동안 눈싸움이 이어진 가운데 강민규가 어깨를 으쓱거리면서 대답했다.

"착수금은 다 썼습니다."

"그럼 이번 달까지만 일하게. 월급으로 대신하지."

"제가 거기에 남아 있을 의미가 있습니까?"

"내 체면이지. 자네가 지금 거기서 나오면 법인장과의 파워 게임에서 내가 밀린 거로 알게 될 걸세."

"만약 법인장이 이번 일과 연관이 있다고 해도 그렇게 감싸고 도실 겁니까?"

"법인장은 그곳에서 잔뼈가 굵은 사람일세. 알게 모르게 도움을 많이 받고 있지. 개성 공단에서 일하는 북한 근로자들이 어떻게 배치되는지 알고 있어?"

"모릅니다."

원종대 사장이 그럴 줄 알았다는 표정을 지었다.

"우리 쪽에서 필요한 인원을 고용하겠다고 관리 위원회에 통보하면 그곳에서 필요한 인원들을 보내 주는 방식이지. 보통은 개성에 사는 제대군인과 중학교 졸업생들을 몇십 명씩 묶어서 들여보내지. 물론 그 전에 철저하게 사상 교육을 시킨다네. 그렇게 교육을 끝내고 개성 공단으로 들여보내면 관리 위원회의 노동과에서 공장에 배분을 시키는 방식이야. 그러니까 20살 벅은 남자 직원이 필요하다고 신청해도 40살 넘은 아줌마가 올 수도 있다는 거지."

"유순태 법인장이 그 부분을 컨트롤할 수 있다는 말인가요?"

"여기나 거기나 비슷하네. 문서와 결재가 오가기 전에 물 밑에서 작업을 할 수 있지. 거기다 북한 놈들은 자기 멋대로 공장을 바꾸는 일이 비일비재해. 직장장이 뇌물을 받고 직원들을 바꾸는 식이지. 몇 달 동안 애써서 가르쳐 놨는데 다른 공장에서 초코파이 하나 더 준다고 날름 가 버리는 놈도 많아. 다른 공장들은 그런 문제로 아직 골머리를 앓지만 우린 그런 걱정은 안 해. 내 말 무슨 뜻인지 알겠지?"

얘기는 그렇게 마무리됐다. 그만두겠다는 말은 더 꺼내지 못했다. 차를 다 마신 원종대 사장은 저녁 약속이 있다면서 자리를 떴다. 홀로 남은 강민규는 그가 떠난 자리를 응시하다가 주섬주섬 서류들을 챙겨서 일어났다.

일이 실타래처럼 엉킨 바람에 더없이 피곤했지만, 아까 온 문자 때문에 사무실에 가 봐야만 했다. 지하철을 타고 시청역까지 간 그는 걸어서 사무실로 향했다. 가는 내내 미스 황에게 언제 오느냐는 내용의 카톡이 왔다. 사무실로 올라가자 구석에 낯익은 미스 황과 낯모르는 사람들이 그를 기다렸다.

3. 폭풍 속으로

그를 본 미스 황이 서랍에서 담배와 휴대폰을 챙겨서 부리나케 밖으로 나갔다. 사무실을 차지한 사내들은 하나같이 짧은 머리에 범상치 않은 외모들을 가지고 있었다. 몇 명은 얼마 전 시내에서 마주친, 데모대에서 봤던 얼굴들이었다.

"이거, 주인도 없는 집에 와서 실례가 많았습니다."

소파에 앉아서 등을 지고 있던 백발의 사내가 천천히 돌아섰다. 임성택이었다. 강민규는 그의 부하들 틈을 지나 자기 자리에 앉았다.

"어차피 내 집도 아니니까 상관은 없습니다만 무슨 일이십니까? 북풍회 회장님."

"회장이라니요. 그냥 책임지도원이지요."

북풍회라는 조직은 몇 년 전에 불쑥 나타났다. 처음에는 국정원이나 보수 단체들의 지원금을 노리고 우후죽순처럼 생긴, 탈북자 단체 중 하나처럼 보였다. 하지만 북풍회는 덩치를 키우기 위해 탈북자라면 아무나 받아들이는 다른 단체들과는 달리, 북한에서도 알아주는 특수부대 출신과 고급 당원만을 받아들였다. 당연히 숫자는 적었지만 자금력과 조직력이 탄탄했기 때문에 여타 탈북자 단체들과는 확연히 구분됐다.

몇 년 전 임진각에서 대북 삐라 살포 시위 때 모습을 드러낸 그들은 일사불란한 모습을 보여 주면서 군 정보망의 눈에 띄었다. 강민규가 그들의 존재를 알게 된 것도 헌병수사관 시절 마지막으로 처리한 사건이 그들과 연관이 있었기 때문이었다.

어떤 식으로든 자신들의 존재감을 드러내려고 했던 다른 탈북자 단체들과는 달리, 최대한 모습을 감추려고 했다는 점도 눈에 띄었다. 회장인 임성택 역시 베일에 가려진 인물이었다. 김정일과 함께 권총 사격을 했을 정도로 신임을 받았다가 사후에 숙청될 위기에 처하자 탈출했다는 소문만 있을 뿐이다.

올 초, 북한의 혜산진에 있는 김일성의 동상에 북한 정권과 지도자를 비난하는 낙서가 적힌 사건이 있었다. 그 일로 북한이 펄쩍 뛰면서 남북 관계가 급격하게 얼어붙었다. 그 사건의 배후를 자처한 단체는 많았지만 실제로 그런 일을 할 만한 능력이 있는 것은 북풍회뿐이었다. 그런 단체의 회장이 직접 자신을 찾아온 것이다.

골치가 아파진 강민규는 몇 년 전에 끊은 담배 생각이 났다.

"왜 그렇게 죽을상을 하십니까? 선생."

"웃고 싶은데 세상이 날 울게 만드네요."

"남조선 사람들은 자기 나라를 헬조선이라고 부른다지요? 북한에 와서 하루만 지내면 여기가 천국이라는 걸 알 텐데 말입니다."

"안 그래도 당신네 나라에 갔다 왔습니다."

정색을 한 임성택이 말했다.

"개성 공단은 북한에 인공호흡기를 달아 주는 곳입니다."

"간당간당해 보이긴 합디다."

강민규의 말투가 마음에 안 드는지 임성택은 헛기침을 하면서 다리를 꼬았다.

"남조선 농담은 역시 적응이 어렵군요. 단도직입적으로 말씀드리겠습니다. 선생."

"의뢰를 하러 오신 겁니까?"

그의 얘기를 들은 임성택이 껄껄거렸다.

"선생이 하는 일을 민간 조사업이라고 합니까? 그런 일이라면 내 부하들이 더 잘할 겁니다."

"지하철 노선 헷갈릴 것 같은 친구가 제법 되는데요."

일부러 도발을 했지만 임성택은 물론, 부하들도 섣불리 화를 내지 않았다. 감정을 잘 억누르고 있다는 것은 훈련과 통제가 잘

돼 있다는 뜻이었다.

소파에서 일어난 임성택은 창가로 걸어가서 신문로를 내다봤다.

"남조선 사람들은 북한을 잘 모릅니다. 여기선 선물을 주고 칭찬을 해 주면 친구가 되지만 북한은 그렇게 호락호락하지 않습니다. 북한이 남조선에 손을 내미는 것은 달러가 필요해서 그럴 뿐이지요. 북한을 다룰 수 있는 것은 이 주먹뿐입니다."

임성택이 빙그레 웃으며 두툼한 주먹을 불끈 쥐어 보였다.

"북한에 대한 유화정책은 체제를 연장시켜 주는 겁니다. 그렇게 되면 더 많은 인민이 고통받게 될 겁니다."

"거, 너무 거창하게 얘기하지 맙시다."

강민규가 심드렁하게 대꾸하자, 주먹으로 책상을 내리친 임성택이 얼굴을 바짝 들이민 채 말했다.

"선생. 나랑 같이 인공호흡기를 떼어 버리지 않겠소?"

강민규는 임성택의 눈을 쏘아보다가 피식 웃었다.

"먹고살기 바쁜 서민이라 관심 없수다."

"조국 통일을 위한 위대한 발걸음이 될 것이외다."

"그놈의 통일은 지겹지도 않아요?"

강민규의 말에 뜻 모를 미소를 지은 임성택이 소파로 돌아가서 앉았다.

"개성 공단에서 보고 들은 것들을 내게 알려 주시오."

"뭐, 접선 같은 건 안 합니까?"

"그건 우리가 당신을 믿게 된다면 맡길 생각이오. 물론, 그냥 애국심에 호소할 생각은 없습니다. 우리를 위해 일해 주면 적당한 대가가 주어질 겁니다."

"나보고 스파이가 되라는 말입니까?"

"개성 공단 안에는 이미 우리 편이 있습니다. 선생은 그 사람을 도와주기만 하면 됩니다."

"개성 공단에서 일하는 우리나라 사람만 1,000명이 넘을 텐데 굳이 날 찾아온 이유는 뭡니까?"

"그건 당신이 훈련돼 있기 때문이지. 강민규 상사."

군 시절의 계급이 불리자 강민규는 얼굴을 찌푸렸다.

"나에 대해서 잘 안다면 내가 복잡한 일에는 발을 디디지 않는다는 것도 잘 알겠죠. 회장님?"

"남조선 군인들에게 가장 찾기 힘든 게 애국심이었지."

"그 얘기를 조국을 버린 사람에게 들으니까 묘하네요."

가뜩이나 기분이 안 좋았던 강민규는 임성택과 기 싸움을 벌였다. 물론 그가 손가락 하나 까닥하면 부하들에게 몰매를 맞고 창밖으로 던져질 수도 있었다. 하지만 그렇게 일을 복잡하게 만들지는 않을 거라고, 확신이 있던 강민규는 느긋하게 임성택을 바라봤다. 팔짱을 낀 채 그를 노려보던 임성택은 아무 말 없이 돌아섰다. 마지막에 나간 그의 부하가 세차게 문을 닫는 바람에 뉴욕 탐정 보드 판이 바닥에 떨어지고 말았다.

일어나서 주우려고 했던 강민규는 도로 의자에 주저앉았다. 그리고 빙그르르 돌아서 창밖을 내려다봤다. 도로를 가득 메운 자동차 헤드라이트들의 불빛들이 꼬리에 꼬리를 물고 끝없이 이어져 갔다. 머리가 터질 듯이 복잡해서 어디 가서 술이나 한잔 마시고 잠을 자고 싶었지만 그럴 수는 없었다.

"다음 주에 또 출근이군."

한숨을 쉰 강민규는 서랍을 열고 만년필을 챙겼다.

* * *

월요일 아침, 강민규는 김재천의 차를 타고 개성 공단에 들어섰다. 월요일 특유의 시끌벅적함은 대한민국과 닮았다. 차에서 내려 공장에 도착한 강민규는 곧장 사무실로 갔다. 그리고 이전보다 더 차갑고 냉랭한 분위기와 맞닥뜨렸다. 그가 유순태와 갈등을 벌일 때에도 썰렁하긴 했지만 이 정도는 아니었다.

미묘한 분위기를 감지한 강민규는 최대한 태연하게 자리에 앉아서 사무실을 살폈다. 회사 직원들은 그럭저럭 눈을 맞췄지만 북측 직원들은 등을 돌려 앉거나 아예 자리를 떴다. 노스페이스 점퍼를 자랑하기 바빴던 총무 김장엽도 헛기침을 연신 하다가 사무실 밖으로 나갔다.

분위기를 살펴보기 위해 들른 재단과 생산 라인도 마찬가지였다. 그가 돌아다니면 눈인사도 하고 농담도 건넸던 북한 근로자들은 약속이나 한 것처럼 외면했다. 아예 그가 다가가면 자리를 떠서 거리를 두기 바빴다. 그에게 이것저것 알려 주고 가깝게 지냈던 공혁수 역시 파랗게 질린 얼굴을 하더니 어디론가 사라져 버렸다.

점심시간도 마찬가지였다. 그가 숙소에 있는 식당으로 올라가자 먼저 와서 식사하고 있던 다른 직원들은 아무 말도 없이 서둘러 식사를 마치고 자리를 떴다. 혼자 남은 강민규는 짜증을 꾹 참고 밥을 먹었다. 구석에서 조용히 눈치를 보던 이말자 여사가 조심스럽게 끼어들었다.

"큰일 났어요. 과장님."

"왜요?"

"나도 오늘 아침에 들었는데, 공장에 과장님이 국정원 요원이라는 소문이 돌았대요."

"뭐라고요?"

어이가 없어진 강민규의 반문에 이말자 여사가 빈 그릇을 챙기면서 대답했다.

"나도 어이가 없긴 한데, 여긴 그런 소문에 워낙 민감한 곳이라서 말이에요."

"그런 소문은 누가 퍼트렸대요."

"난 그런 거 몰라요. 그러니까 사장님한테 얘기해서 얼른 돌아가요."

손사래를 치며 싱크대로 향한 이말자 여사의 뒷모습을 보면서 강민규는 소문의 진원지를 눈치챘다. 오늘 내내 마주치지 않았던 그자였다.

자리에서 일어난 그는 곧장 1층 사무실로 내려갔다. 그리고 백영희에게 물었다.

"법인장 어디 갔어?"

마른침을 삼킨 그녀는 눈만 껌뻑거렸다. 다시 그가 세차게 묻자 마지못한 표정으로 대답했다.

"금강관에 점심 식사하러 가셨습니다."

얘기를 듣자마자 사무실을 박차고 나온 강민규는 곧장 금강관이 있는 관리 위원회 빌딩으로 향했다. 밖에는 점심 식사를 마친 북한 근로자들이 잡담을 하면서 오가는 중이었다.

관리 위원회 빌딩에 도착한 강민규는 마침 엘리베이터를 타고 내려온 유순태 법인장과 마주쳤다. 함께 내린 사람과 얘기를 주고받던 유순태 법인장은 코앞에 나타난 강민규를 보고는 흠칫 놀랐다. 성큼성큼 다가간 강민규는 그의 멱살을 움켜잡았다. 파랗게 질린 유순태 법인장이 호통을 쳤다.

"직장 상사한테 뭐 하는 짓이야?"

"헛소문을 퍼트린 주제에 말이 많네."

"무슨 소리를 하는 건가? 이거 못 놔!"

강민규는 호통을 치는 그의 멱살을 흔들어 대면서 소리를 질러 댔다. 주변에서 뜯어말려서 간신히 한숨을 돌린 유순태 법인장이 손가락질을 했다.

"낙하산이라고 눈에 보이는 게 없어!"

"그래서 내가 국정원 간첩이라고 소문을 내신 건가?"

"무슨 소리야!"

"오늘 공장 사람들이 날 투명인간 취급해서 알아보니까 그런 소문이 돌았다고 했거든. 나이 처먹었으면 나잇값 좀 해! 빨갱이 한테 아부하고 살면서 부끄럽지도 않아?"

"뭐라고? 이 자식이!"

울컥한 유순태 법인장이 덤벼들었다가 옆으로 피한 강민규에게 발이 걸려서 나뒹굴었다. 쓰러진 유순태는 주변 사람들의 부축을 받으면서 일어났다. 관리 위원회 명찰을 단 안경 쓴 사내가 강민규 앞을 가로막았다.

"무슨 일인지 모르겠지만 소란 피우지 말고 조용히 말로 해요."

이미 목적은 충분히 달성했기 때문에 강민규는 분이 풀리지 않은 표정으로 자리를 떴다. 그가 사람들 앞에서 불같이 화를 내면서 유순태와 다툼을 벌인 건 다분히 의도적이었다. 이렇게 하면 개성 공단을 나가겠다고 해도 원종대 사장이 딱히 말리지 못한다고 생각한 것이다.

씩씩대면서 공장으로 돌아온 강민규는 사무실 직원들에게도 험한 소리를 했다. 빨갱이 편에 서서 오래오래 잘해 먹으라는 그의 비아냥거림에 다들 꿀 먹은 벙어리처럼 아무 말도 하지 못했다.

짐을 챙겨서 3층 숙소로 올라온 강민규는 방으로 들어가서 짐을 정리했다. 오후에 남쪽으로 내려가는 차편을 얻어 타고 갈 생각이었다. 얼마 안 되는 짐을 꾸리고 침대에 걸터앉아서 한숨 돌리고 있는데, 문을 두드리는 소리가 들렸다. 문을 열자 이말자 여사의 모습이 보였다.

"과장님. 사장님한테 전화가 왔었대요."

짧게 얘기한 그녀는 작게 접힌 쪽지를 건네고는 문을 닫았다. 쪽지는 내일 아침에 올라갈 것이니까 그때까지 기다리라는 내용이었다. 실망한 그는 무시하고 그냥 떠날까 고민해 봤다. 하지만 원종대 사장이 올라와서 사실을 파악하면 오히려 발을 빼기가 더 쉬울지도 모른다는 생각이 들었다. 무슨 이유인지는 모르지만 유순태가 소문을 퍼트린 것은 사실이었기 때문이다. 쪽지를 책상에 던져 놓은 강민규는 뭘 할까 고민하다가 문을 닫고 밖으로 나갔다.

그는 편의점에 들러 캔 맥주를 사서 운동장으로 향했다. 그곳에서 해가 떨어질 때까지 죽치고 있다가 공장으로 돌아왔다. 퇴근을 하던 북한 근로자들이 그를 보고는 멀찌감치 돌아서 갔다. 3층 숙소로 올라온 강민규는 혼자서 늦은 저녁 식사를 하고 방으로 돌아갔다.

침대에 걸터앉아서 TV를 들여다보다가 잠이 들었다. 꿈속에서 그는 생각하고 싶지 않던 그 시절로 돌아갔다. 고립된 GP에서 겪었던 악몽 같은 기억이 꿈속에서 고스란히 반복된 것이다.

그곳에서는 모두가 살인자였으며 피해자였다. 총탄 자국이 가득한 상황실 옆에 엎드린 채 밤을 꼬박 새웠던 그는 어둠을 서서히 몰아내는 새벽의 단맛을 느꼈다. 그리고 살아남았다는 기쁨이 온몸에 퍼져 나갔다. 형언할 수 없는 나른함에 취해서 바라봤던 그때의 새벽이 서서히 사라지면서 개성 공단의 새벽이 느껴졌다.

* * *

이곳에서 보낼 마지막 날이라는 생각이 채 사라지기도 전에 바깥이 소란스러웠다. 침대에서 일어나 뒷머리를 긁으면서 하품을 하는데 누군가 다급하게 문을 두드렸다.

"과장님! 큰일 났어요. 빨리 나와 봐요."

이말자 여사의 목소리였다. 심상치 않은 분위기에 강민규는 서둘러 추리닝 바지를 입고 문을 열었다. 복도에는 잠옷 차림의 직원들과 한 손에 주걱을 든 이말자 여사의 모습이 보였다. 반쯤 열린 숙소의 문 너머에도 북한 근로자들이 모여서 웅성대는 중이었다. 아직 잠에서 완전히 깨어나지 않은 강민규는 이말자 여사에게 물었다.

"무슨 일이에요?"

"저, 저기."

이말자 여사가 주걱을 든 손으로 가리킨 곳은 유순태 법인장의 방이었다. 방문이 살짝 열려 있었는데 그곳을 본 순간, 알 수 없는 불길함이 느껴졌다. 이말자 여사가 코를 심하게 훌쩍거리면서 입을 열었다.

"아침 6시에 밥을 해 달라고 해서 준비했거든요. 근데 한 시간이 지나도 안 나와서 아까 문을 열고 들어갔더니……."

더 이상 들을 필요가 없었다. 살짝 열린 방문으로 안을 들여다봤다. 아까 그를 깨운 아침 햇살이 창문을 뚫고 들어왔다. 방 안은 다른 방의 구조와 똑같았다. 복도 쪽 벽에 붙인 침대와 맞은편의 책상. 그 옆의 옷장과 수납장이 보였다.

유순태 법인장은 침대에 엎드려 있었다. 늘어진 하얀색 러닝

셔츠에 줄무늬 잠옷 바지 차림이었다. 베개는 바닥에 떨어져 있었고, 이불도 반쯤은 바닥으로 흘러 내려왔다. 목을 조른 파란색 넥타이만 아니었다면 악몽을 꾸면서 몸부림을 쳤거나 잠버릇이 고약했다고 믿었을 것이다.

뜻밖의 죽음 앞에서 그는 할 말을 잊었다. 어떤 죽음은 낯설고 뜻하지 않게 찾아온다. 하지만 그가 눈앞에서 직면한 죽음은 특히 더 낯설었다. 북한 속의 대한민국이라고 할 수 있는 개성 공단은 그 어떤 일도 일어나서는 안 되는 곳이었다. 죽음은 더더욱 그러했다.

반쯤 열어젖힌 방문으로 죽음을 엿보고 있는데 뒤에서 최초 발견자인 이말자 여사가 횡설수설하면서 떠드는 소리가 들렸다. 헌병수사관 출신인 강민규는 몸에 익은 오랜 경험에 따라 움직이고 살펴봤다. 고개를 돌린 그는 이말자 여사에게 말했다.

"여기 들어간 사람 있었습니까?"

"아까 내가 이 부장님한테 봐 달라고 했어요. 이 부장님이랑 홍 과장님이 들어가셨어요."

현장이 훼손됐다는 얘기를 들은 강민규는 낭패감을 느꼈다가 피식 웃고 말았다. 지문 감식이나 DNA 분석을 할 수 없는 개성 공단이라는 점을 깜빡 잊어버린 것이다.

한숨을 쉰 그는 방 안으로 들어가서 살펴봤다. 현장을 살핀 그가 중얼거렸다.

"면식범 소행이군."

방문은 전자 도어 록으로 열게 돼 있기 때문에, 비밀번호를 모르면 열지 못했다. 그 전에 숙소 입구의 문을 여는 일도 쉽지 않았다. 완전 밀실은 아니지만 사실상 밀실이나 다름없는 공간이었다. 비밀번호를 알고 있거나 유순태 법인장이 별다른 의심 없이 문을 열어 줬을 만한 사람이 범행을 저지른 게 분명했다.

만약 자신이 방문을 두드리고 들어가겠다고 했다면 유순태는 최소한 러닝셔츠 위에 추리닝을 입고 맞이했을 것이다. 그런데 잠들기 직전의 모습으로 누군가를 방 안으로 들어오게 했다.

"가까운, 그것도 아주 가까운 사람이겠군."

시신이 있는 침대를 제외하고는 방의 나머지 부분은 말끔했고, 잠옷 차림이었다는 점도 그런 생각에 무게를 더해 줬다. 그리고 방 안이 깨끗하다는 점은 유순태 법인장이 완벽하게 기습을 당했으며, 방문자가 우발적이 아니라 처음부터 살인을 저지를 의도가 있었다는 점을 뒷받침했다.

방 안을 살펴보던 강민규는 서랍과 옷장을 천천히 뒤졌다. 책상 서랍에서는 약봉지와 CU 편의점의 쿠폰이 나왔다. 방 안을 살펴본 그는 벽으로 다가가서 주먹으로 쿵쿵 두드려 봤다.

"이 옆에 누가 머뭅니까?"

그의 물음에 이말자 여사가 고개를 저었다.

"그 방은 비어 있고, 그 옆은 이 부장님, 그다음은 홍 과장님이랑 강 과장님 방이에요. 내 방은 부엌 옆이고."

얘기를 들은 강민규는 이말자 여사 옆에 서 있는 이성원 부장을 바라봤다. 살이 올라서 턱이 축 늘어진 이성원 부장은 그의 시선을 받자 불편한 듯 헛기침을 하면서 금테 안경을 끌어 올렸다.

"어제저녁에 이상한 소리 들은 거 없습니까?"

"없었네. 중간에 빈방이 있는데 어떻게 듣겠어?"

짧게 대꾸한 이성원 부장이 더 이상 얘기하기 싫다는 듯 이말자 여사 뒤로 숨어 버렸다. 반대편 벽은 숙소 외부 출입문이 있는 쪽이었다.

"어제저녁에 법인장님을 마지막으로 본 게 몇 시입니까?"

누구를 딱히 지목해서 물은 게 아니기 때문에 곧바로 대답이 들리지는 않았다. 이번에도 이말자 여사가 먼저 입을 열었다.

"강 과장님이 돌아오기 전에, 7시쯤에 저녁 식사 때 본 게 마지막이에요. 식사하자마자 바로 방으로 들어가셨고, 나도 설거지 끝내고 방으로 들어가서 드라마 봤어요."

강민규의 시선이 옮겨 오자 이성원 부장은 곧바로 고개를 저었다.

"나도 저녁 식사 때 본 게 마지막이야."

마지막 남은 홍광일 과장도 고개를 갸웃거렸다.

"그럼 그 이후에는 아무도 본 사람이 없다는 겁니까?"

아무 대답도 없이 침묵이 흘렀다. 손목시계를 들여다본 그는 유순태 법인장이 저녁 7시에서 아침 7시 사이에 면식범의 손에 살해당한 것이라고 판단했다. 시신의 사후 경직이나 시반의 상태 역시 그런 추측을 가능하게 했다.

강민규는 한쪽 무릎을 꿇고 침대에 엎드린 유순태의 시신을 자세히 살펴봤다. 두 팔목에는 결박당한 흔적이 없었다. 침대에 누운 채 옆으로 고개를 돌린 유순태의 부릅뜬 눈은 실핏줄이 가득했고, 반쯤 벌린 입에서는 혀가 침과 함께 밖으로 흘러나온 상태였다. 살인자는 등을 보이고 있던 유순태를 침대 위로 넘어뜨리고, 목을 넥타이로 졸라 살해했다. 175센티미터에 95킬로그램쯤 돼 보이는 유순태를 결박도 하지 않고 단숨에 제압하고 살인을 저지른 것이다.

"일말의 주저함도 없었군."

가장 놀란 점은 살인이 조금의 주저함이나 두려움 없이 결행됐다는 점이다. 군대에서 동료들에게 총기를 난사한 사이코패스조차 방아쇠를 당기기 전에 일말의 주저함을 가진다. 하지만 유순태를 죽인 범인은 정교하게 계산된 움직임을 보였다. 그래서 다른 방에 머물던 직원들이 죽음을 눈치채지 못하게 만들었다.

만약 이 공장이 개성이 아니라 대한민국에 있었다면, 범인은 CCTV와 자동차 블랙박스의 시선에 걸려들었을 것이다. 그걸 피했다고 해도 지문 감식과 DNA 분석의 덫을 피할 방법은 없었다. 하지만 이곳은 CCTV나 블랙박스가 없었다. 제대로 된 수사도 할 수 있을지 의문스러웠다. 범행 현장과 시신을 살폈다면 다음은 흉기를 알아볼 차례였다.

"이 넥타이 법인장님 겁니까?"

강민규가 손가락으로 가리키면서 묻자 이말자 여사가 고개를 끄덕거렸다.

"얼마 전에 매고 다니는 거 봤어요."

넥타이가 걸려 있을 법한 옷장 문을 열었다. 회사 점퍼와 등산복, 겨울 점퍼들이 무질서하게 걸려 있었고, 중간중간에는 남방들이 끼워져 있었다. 문에 붙은 거울 아래 넥타이 걸이에는 몇 개의 넥타이가 거미줄처럼 엉켜서 걸려 있었다. 개성 공단에서는 정장을 입을 일이 거의 없기 때문에 옷에 비해서는 숫자가 적었고, 최근에 입은 흔적도 보이지 않았다. 범행 현장이나 사용된 흉기는 명백하게 면식범의 소행이라고 말해 주고 있었다.

어차피 공장의 남측 직원들이 머무는 숙소는 비밀번호로 여는 전자 도어 록으로 잠긴 상태였다. 비밀번호를 아는 건 남측 직원들뿐이었다. 설사 북한 근로자가 알고 있다고 해도, 이곳에 오는 것만으로도 처벌을 받기 때문에 들어오는 경우는 없었다.

"결국 범인은 우리 중 한 명이겠네."

작게 중얼거린 그는 방으로 돌아가서 수첩과 만년필을 챙겨 왔다. 문밖에서 지켜보던 이말자 여사와 이성원 부장 그리고 홍광일 과장이 말없이 옆으로 비켜 줬다. 강민규는 수첩에 뭔가를 적는 척하면서 만년필 뚜껑을 열었다. 그리고 안에 든 액체를 침대 옆과 책상 서랍, 그리고 옷장에 조금씩 뿌렸다. 형광색 액체는 금방 스며들면서 흔적도 없이 사라졌다. 방 안을 살펴보는 그에게 이말자 여사가 물었다.

"어떻게 된 거예요?"

"누군가에게 살해를 당한 겁니다."

우리 중 한 명이라는 말은 입 밖에 내지 않았다.

"어떡하지?"

이성원 부장이 안경을 추켜세우면서 중얼거렸다. 그러자 옆에 있던 홍광일 과장이 대꾸했다.

"일단 사장님한테 전화로 알리고, 관리 위원회에도 통보해야 하지 않겠습니까?"

"어제저녁까지 밥 잘 먹고 살아 있던 사람이……."

힘없이 얘기를 주고받는 두 사람 너머로 숙소의 문밖에 모여 있는 북한 근로자들이 보였다. 그리고 그들을 헤치고 제복을 입은 사회 안전원들이 들이닥쳤다. 개성 공단에는 총국 소속의 사회 안전원들이 배치돼 있긴 하지만, 어디에 있는지 평소에는 보이지 않았다. 우르르 몰려온 사회 안전원들이 우두커니 서 있는 공장의 남측 직원들에게 물었다.

"강민규 과장이 누굽니까?"

아무도 대답하지 않았지만 다들 옆으로 몸을 피하면서 그를 바라봤다. 사회 안전원들이 그에게 다가와서는 두 팔을 잡았다.

"강민규 과장입니까?"

"그렇습니다만……."

"유순태의 살인범으로 체포합니다."

무슨 뜻인지 깨닫기까지는 잠깐 시간이 걸렸다.

"말도 안 됩니다. 전 아닙니다."

뒤늦게 발버둥을 쳐 봤지만 사회 안전원들의 숫자가 너무 많았다. 사방에서 뻗은 손길이 그물처럼 옭아맨 가운데 공장 밖으로 끌려나간 그는 자동차에 강제로 실리고 말았다. 웃기게도 그를 태운 차는 현대자동차의 스타렉스였다.

차에 실린 강민규는 빠져나오려고 발버둥을 쳤지만 소용없었다. 그가 마지막으로 본 것은 공장 밖으로 따라 나온 남측 직원들과 북측 근로자들이었다. 차가 속도를 내면서 안도감과 불안감이 서려 있는 그들의 얼굴이 순식간에 멀어졌다.

* * *

그가 끌려간 곳은 개성 공단 관리 위원회 빌딩 옆에 있는 호위총국 건물이었다. 저 건물은 쳐다보지 말라는 원종대 사장의 말이 떠올랐다. 지하 주차장에 멈춘 차에서 끌어 내려진 강민규는 계단을 타고 위층으로 올라갔다.

2층으로 끌려간 그는 복도 중간에 있는 방에 갇혔다. 접이식 의자와 테이블이 있는 방에는 문 옆에 두 명의 사회 안전원이 서서 그를 노려봤다. 따로 결박을 당하지는 않았지만 둘을 한꺼번에 상대할 수는 없었다. 거기다 문밖에도 몇 명 더 배치돼 있을 게 분명했기 때문에, 그는 일단 탈출을 포기하고 돌아가는 상황을 파악해 보기로 했다.

어차피 탈출해 봤자 북한 땅이었다. 다른 무엇보다 호위총국에서 유순태의 죽음을 눈치채고 어떻게 바로 그를 범인으로 체포했는지가 궁금했다. 물론 앞으로 어떻게 진행될지도 궁금했다. 개성 공단은 엄연히 북한 땅에 있기 때문에 자신들의 법대로 처리하려고 들 가능성이 높았다.

하지만 그렇게 했다가는 최악의 경우 개성 공단이 문을 닫을 수도 있었다. 상황이 어찌 됐건 대한민국 국민이 북한 법률로 처벌받는다면 후폭풍이 어마어마할 게 뻔했다. 생각이 정리되자 마음이 좀 편안해졌다.

끌려온 지 30분쯤 지나서 누군가 문을 열고 들어섰다. 반백에 비쩍 마른 얼굴을 한 사회 안전원이었다. 계급장과 명찰은 모두 제거한 그는 강민규의 맞은편에 앉았다. 그리고 다짜고짜 물었다.

"유순태 법인장을 왜 죽였나?"

"저는 죽이지 않았습니다. 저도 묻겠습니다. 왜 저를 체포한 겁니까?"

"당신은 유순태 법인장의 살인범으로 체포됐소."

"대한민국에서는 범죄자를 명백한 증거를 통해서 합당한 의심을 할 수 있을 때 체포합니다. 그리고 체포할 때에도 법적 근거와 죄목을 통보해 줍니다."

"여긴 남조선이 아니라 공화국이요."

"공화국에서 왜 남조선 국민을 체포합니까?"

"공화국 영토에서 벌어진 사건이니까."

조사관의 말에 강민규는 팔짱을 낀 채 대꾸했다.

"피살자는 대한민국 사람입니다."

"남조선 사람이라고 해도 이곳에서 범죄를 저질렀다면 공화국의 법률에 의거해서 처벌을 받아야 하오."

"아무튼 변호사를 불러 주십시오."

"공화국법에서는 변호사는 예심 단계에서나 참여할 수 있소."

"그럼 판사가 제 구금을 승인한 겁니까?"

강민규의 얘기에 조사관이 움찔했다. 군 헌병 시절 심심해서 들여다봤던 북한 형법이 이럴 때 유용하게 써 먹힐 줄은 꿈에도 몰랐던 강민규는 빙그레 웃었다.

"공화국 형법에는 조사원이 범죄 사실을 확인하고 용의자를 구금하기 위해서는 구금 결정서를 검사에게 보내서 승인을 받도록 하지요? 피살자의 시신이 발견된 것이 오전 7시 즈음이고, 제가 그 사실을 알게 된 것이 7시 20분에서 30분 사이, 그리고 여기 끌려온 것은 아무리 빨리 잡아도 8시 전일 겁니다. 구금 승인이 그렇게 빨리 될 것 같지는 않은데요."

"당신이 범죄를 저질렀다는 강력한 증거가 나와서 빨리 승인된 것이오. 당신이 이곳에 발령을 받은 다음부터 사이가 나빴고, 급기야 어제는 관리 위원회 빌딩 로비에서 몸싸움을 벌였던 사실을 알고 있소."

"직접적인 증거는 하나도 없이 싸웠다는 이유로 절 체포한 겁니까?"

"피살자가 있던 공장의 3층 숙소는 공화국 근로자들이 드나들지 않소. 살인자는 그 안에 있던 남조선 사람이고, 그중에서도 특히 당신이 사이가 나빴다는 점이 구금의 이유요. 그 밖에도 명백한 증거들을 확보했소."

"검사가 구금을 승인할 만큼 명백한 증거가, 살인 사건이 벌어진 지 1시간도 채 안 돼서 확보가 됐다는 얘깁니까? 못 믿겠습니다."

어릴 때 봤던 북한 영화에서는 이럴 때 조사관이 다짜고짜 호통을 치거나 장면이 넘어가서 주인공이 거꾸로 매달린 채 고문을 당하곤 했다. 하지만 북한에서도 이 사건을 어떻게 처리할지 그렇게 빨리 결정하지는 못했을 것이라는 생각에 강민규는 강하게 나갔다. 그의 반발에 부딪힌 조사관은 결국 별다른 말을 남기시 않고 자리를 떴다. 문 옆에 선 두 명의 사회 안전원은 여전히 그를 노려보고 있었지만 한결 여유가 생겼다.

한숨 돌린 그는 살인을 되짚어 봤다. 살인은 정교했다. 시신을 급하게 봐서 자신할 수는 없었지만, 손에는 피살자가 저항하면서 생기는 방어흔이 보이지 않았다.

"대체 누구 짓이지?"

다른 무엇보다 공간이 문제였다. CCTV와 블랙박스가 없다고 해도 이곳은 섬이나 다름없는 개성 공단이었다. 아무리 범행을 숨긴다고 해도 비밀번호를 알고 있거나 유순태와 안면이 있는 사람 중에서 범인이 있을 수밖에 없었다. 그중에 범인이 있다는 생각이 미치자, 과연 살인의 이유가 무엇일지 궁금해졌다.

유순태 법인장은 오랫동안 개성 공단에서만 일해 왔던 사람이다. 자신과 대립각을 세우긴 했지만 남북측 사람들과 두루두루 친했다. 그런 그를 누가 대체 어떠한 이유로 죽인 것일까.

철컥.

고개를 숙인 채 이런저런 생각을 하던 그의 귀에 문이 열리는 소리가 들렸다. 고개를 드니 회색 양복 차림의 중년 사내가 들어왔다. 양복 깃에 태극기 배지가 조그맣게 달려 있었다. 북측 조사관이 앉았던 자리에 똑같이 앉은 중년 사내가 작게 헛기침을 했다. 40대 후반으로 보이는 중년 사내는 광대뼈가 튀어나왔고, 작은 눈을 가졌다. 코끝에는 테 없는 안경이 걸쳐져 있었다. 한동안 서류를 들여다보던 그는 고개를 들어서 강민규를 바라봤다.

"저는 개성 공단 관리 위원회 조사협력과의 이우선 과장입니다. 어디 불편하시거나 아프신 곳은 없습니까?"

"그런 데는 없습니다. 저는 언제쯤 여기서 나갈 수 있습니까?"

"그게 좀……."

문 옆에 서 있는 두 명의 북한 사회 안전원들을 힐끔 바라본 이우선 과장이 낮은 목소리로 말했다.

"북측에서 자기들이 조사를 해야 한다고 계속 고집을 부리고 있습니다."

"증거도 없이 이렇게 구금하고 있는데 손을 놓고 있을 겁니까?"

"위원장님이 지금 총국 지도원과 면담 중입니다. 상황이 아주 골치 아프게 됐으니까 좀만 참으십시오."

"현장은 어떻게 됐습니까?"

"공장은 일단 가동 중단 상태고, 근로자들은 모두 귀가했습니다. 돌아가신 분은 개성 공단 안에 있는 병원에 안치되셨습니다."

"범인을 찾으려면 현장을 보존해야 합니다. 그리고 가급적 빨리 관련자들의 알리바이도 확인해야 하고요."

"지금 아주 골치가 아파서 그런 데 신경 쓸 틈이 없습니다."

"범인을 잡으면 골치 아픈 일이 해결될 겁니다."

강민규가 강한 어조로 얘기하자 이우선 과장은 깊은 한숨과 함께 테 없는 안경을 끌어 올렸다.

"여기는 사람이 죽어서는 안 되는 곳입니다."

"사람은 누구나 누군가의 손에 죽으면 안 됩니다. 하지만 끊임없이 살인이 벌어지는 게 현실이죠. 개성 공단에 수만 명의 남북한 사람이 모여서 지내고 있는데 살인이 나서는 안 된다고 보는 건 너무 낙관적인데요."

"개성 공단은 남북한 사이에 놓인 외줄입니다. 재미있게 구경하는 사람들도 많지만 떨어지기를 바라는 쪽도 많죠. 이럴 때 사소한 실수라도 하게 되면 큰일로 번집니다."

"일이 커지는 것을 두려워하고 있군요."

"사실 사고로 사람이 죽은 적은 있었습니다. 하지만 이렇게 누군가의 손에 살해당한 사례는 한 번도 없었습니다. 사무실에서 보니까 이번 일이 TV에서 속보로 방송되고 있더군요."

이우선 과장의 서늘한 말에서는 피로감이 느껴졌다. 다시 오겠다는 말을 남긴 그가 떠난 이후, 홀로 남겨진 강민규는 다시 생각에 잠겼다. 누군지 모를 살인범의 동기와 목적을 도무지 알 수 없었던 것이다.

* * *

그렇게 하루가 지나갔다. 해가 떨어지자 방 안으로 접이식 침대가 들어왔다. 식사도 배달이 돼서 침대에 걸터앉아 먹어치웠다. 대략 두 시간마다 교대가 되는 사회 안전원들이 지켜보는 가운데 잠을 잤다.

다음 날 오후 늦게 피곤한 표정의 이우선 과장이 찾아왔다.

"당신은 개성 공단에서 추방될 겁니다."

"무슨 명목으로요?"

"명목은 별로 중요하지 않습니다. 어쨌든 당신이 여기서 나갈 수 있다는 점이죠."

"그럼 이 사건은 어떻게 합니까?"

"당신이 돌아가는 대로 검찰에서 조사를 할 겁니다. 시기와 방법은 아직 정해지지 않았지만 말이죠."

"이대로 돌아가면 전 살인범으로 낙인찍히고 맙니다."

"이봐요!"

강민규의 얘기가 끝나자마자 이우선 과장이 의자를 박차고 일어나 그에게 삿대질을 했다.

"당신 때문에 일이 엄청나게 복잡해졌어. 그런데 고작 자기 걱정이나 하고 말이야."

강민규도 벌떡 일어나서 응수했다.

"그럼 돌아가서 살인범으로 평생 살란 말입니까?"

"여기 개성 공단에서 일하는 사람이 몇 명인 줄 알아? 잘못하면 그 사람들 밥줄이 다 끊기고 수백 개 회사가 문을 닫을 수도 있단 말이야."

"그러니까 살인범을 잡아야 한다는 얘깁니다."

"살인범을 잡으면 문제가 해결되는 게 아니라 더 커진다 이 말이야."

그 얘기를 이해하는 데는 시간이 좀 걸렸다. 그러다가 흔들리는 상대방의 눈동자를 보고는 말뜻을 알아차렸다. 살인범이 누구건 엄청난 후폭풍이 몰아칠 것이고, 그렇게 되면 개성 공단은 큰 타격을 받을 수 있다는 사실을 깨달은 것이다.

맥이 탁 풀린 강민규는 도로 의자에 걸터앉았다. 그러자 상대방도 진정이 됐는지 가져온 서류를 주섬주섬 챙겼다.

"절차가 진행되는데 며칠 걸리니까 불편하더라도 참고 지내십시오. 바로 옆 건물이니까 가급적 자주 들르겠습니다. 오늘 시신과 유품 송환 협상이 끝나서 내일부터 본격적인 교섭이 진행될 겁니다."

이우선 과장이 떠난 후에 멍한 상태가 된 강민규는 두 손으로 머리를 감쌌다. 일이 생각지도 못한 방향으로 흘러가고 있었다.

"젠장……."

* * *

다시 하루가 지나갔다. 이우선 과장이 몇 번씩 찾아와서 살펴보고 갔지만 어떻게 진행되는지에 대해서는 따로 얘기하지 않았다. 답답해진 강민규는 사회 안전원들이 지켜보는 가운데 방 안을 서성거렸다. 가끔 복도를 걷는 발걸음 소리가 메아리치는 것을 제외하고는 아무런 소리나 기척도 느껴지지 않았다.

그렇게 시간이 조금 흐른 후에 문이 열리는 소리가 들렸다. 이우선 과장인 줄 알고 쳐다보지도 않았는데 낯선 목소리가 들렸다.

"고생이 많으십니다."

그의 첫인상은, 대한민국 사람이 북한 제복을 입고 나타난 것 같았다. 다른 북한 사람들에 비해서 크고 건장한 체구와 놀랍도록 자연스럽게 서울 말투를 구사했기 때문이었다. 까무잡잡하고 광대뼈가 나온 여느 북한 사람들과는 달리, 둥근 얼굴과 매끈한 피부도 그의 국적을 의심하게 만들었다.

"오재민 소좌라고 합니다."

그가 불쑥 문을 열고 나타나자 문 옆에서 지켜서 있던 사회안전원들이 바짝 긴장하는 게 보였다. 침대에 누워 있다가 일어난 강민규는 그가 내민 손을 잡고 악수를 했다. 악수를 나누고 의자에 앉은 오재민 소좌가 머리에 쓴 모자를 벗어서 탁자에 올려놨다. 그리고 가져온 서류를 펼쳤다.

"이름 강민규. 나이 38세. 본적은 서울 상도동. 현역 입대 후에 부사관으로 지원. 헌병수사관으로 복무하던 중 모종의 사건에 휩쓸리면서 불명예제대를 하게 됐고, 이후 뉴욕 탐정사무소에서 민간 조사업자로 활동 중."

많은 부분을 생략하긴 했지만 속속들이 조사했다는 것은 불 보듯 뻔했다.

"요즘 간첩들은 열심히 일하나 보군요."

서류에서 눈을 뗀 오재민 소좌가 피식 웃었다.

"남조선은 미국을 어지간히 좋아하는 모양입니다. 신문로에 있는 사무실에 뉴욕이라는 지명을 쓰는 걸 보니까 말이오."

"동업자 중의 한 명이 뉴욕을 엄청 좋아해서요. 신문로 가 본 적 있습니까?"

“서울 역사박물관 좋아합니다. 체코 대사관 쪽에 있는 카페에서 차를 몇 번 마셔 본 적도 있습니다.”

아무렇지도 않게 대꾸한 오재민 소좌가 주머니에서 담배를 꺼내서 조용히 불을 붙였다. 강민규는 자신에게 담배를 권하지 않은 것을 보면서 몇 년 전에 담배를 끊었다는 사실도 알고 있다는 걸 눈치챘다.

“경비들이 바짝 쪼는 걸 보니까 힘깨나 쓰는 부서에서 일하는 모양이시군요.”

“평양의 호위총국에서 왔습니다.”

호위총국은 최고 지도자의 경호를 담당하는 부서다. 대한민국으로 치면 청와대 경호처 같은 곳이지만 조직이나 규모는 훨씬 커서, 북한의 수도 평양을 수비하는 임무까지 맡고 있다. 요원들은 모두 최정예고, 사상이 투철했다. 최고 지도자의 신변은 물론 해외 공작과 대남 공작도 별도로 진행하기 때문에, 기무사나 군 정보사령부에서도 이들의 움직임을 예의주시하고 있다. 그런 호위총국의 소좌라면 경비가 바짝 얼어붙어 버릴 만도 했다. 담배 연기를 길게 내뿜은 그가 강민규에게 물었다.

“현장을 봤다고 들었습니다.”

“직업정신이 투철한 편이라서요.”

“어떻든가요?”

"방 안은 특별히 어질러진 흔적이 없었고, 피살자도 크게 저항하지 않았습니다. 무엇보다 등 뒤에서 목을 졸린 걸 보면 상대방을 완전히 신뢰했든지 아니면 자신을 해치지 않을 것이라고 확신을 가진 상태였던 거죠."

"사망 시각은 언제인 거 같습니까?"

"전날 저녁 7시에 모여서 식사를 하고 곧장 방으로 들어간 게 마지막이었습니다. 하지만 숙소의 다른 사람들이 있는 걸 감안하면 밤 12시 이후에 벌어졌을 가능성이 높습니다. 시신은 부패되지 않았고, 시반도 거의 보이지 않았으니까요."

"살인자는 처음부터 죽일 작정을 하고 찾아왔을까요?"

오재민 소좌의 질문에 강민규는 눈을 감고 자신이 봤던 현장의 모습을 떠올려봤다. 방 안에서도 망설임이나 주저한 흔적을 찾아볼 수 없었다. 피살자는 방어흔을 남기지도 못할 정도로 순식간에 당했다. 그리고 뒤늦게 한 가지 사실이 더 떠올랐다.

"돈이 목적이 아니었습니다."

"어떻게 그걸 확신하십니까?"

"서랍이나 옷장을 뒤진 흔적이 없었습니다."

"흉기로 쓴 넥타이를 옷장에 있는 넥타이 걸이에서 빼서 사용할 정도면, 굳이 뒤지지 않고도 가져갈 수 있었을 겁니다."

흠칫 놀란 강민규가 바라보자 오재민 소좌가 껄껄 웃었다.

"남조선에서만 탐정을 좋아하는 건 아니니까요."

"아무튼 범인은 피살자와 평소에 알고 지내는 사이였던 게 분명합니다."

"이번 사건의 배후에는 북풍회가 있습니다."

확신이 가득한 오재민 소좌의 말에 강민규가 눈살을 찌푸렸다.

"북풍회가 남측 사람을 죽일 이유가 있습니까?"

말도 안 되는 억지라는 강민규의 말에 오재민 소좌가 고개를 저었다.

"그자들은 개성 공단을 무력화시켜서 북남 간의 긴장을 고조시키려는 목적으로 이번 사건을 일으킨 게 분명합니다."

"그리고 북풍회의 배후에는 국정원이 있겠군요."

"맞습니다. 북남 간의 통일을 방해하려는 반동 세력들의 책동으로 이번 사건이 벌어진 겁니다."

"북측이 어떻게 생각하든 상관없습니다. 국정원이든 북풍회든 내 손으로 범인을 잡고 말 겁니다."

강민규의 얘기를 들은 오재민 소좌가 히죽 웃었다.

"당신은 추방될 거고, 범인은 공화국에서 잡을 겁니다."

"그럼 난 범인이 아니란 얘기군요."

"만약 당신이 범인이라는 확신이 선다면 남조선 정부에게 당신을 기소하라고 요구할 겁니다. 다른 직원들이 범인으로 밝혀져도 마찬가지입니다."

"그럼 공화국 주민이 범인이라면 어찌 됩니까?"

"살인이 벌어진 장소는 공화국 주민들이 드나들지 않는 남측 직원들의 숙소입니다. 거기다 외부에서 침입한 흔적이 없으니까 그곳에 있던 남측 직원 중 한 명이 범인입니다."

"그렇게 생각하고 싶다면 말리지 않겠지만 결정적인 문제가 하나 있습니다."

오재민 소좌가 말해 보라는 표정으로 쏘아봤다.

"이곳에서 살인을 저지르면 단번에 용의자가 됩니다. 거기다 시체를 숨길 수도 없고요. 현장을 보면 분명 치밀하게 준비하고 실행했는데 그런 걸 생각하지 않았을 리 없습니다. 범인은 피살자를 이곳에서 죽여야 할 이유가 있었던 겁니다."

"공화국 주민이 범인이라는 뜻이오?"

"공화국 주민이 북풍회나 국정원 사주를 받았다고 칩시다."

반응을 살펴보기 위해 일부러 비아냥거렸지만 오재민 소좌는 별다른 반응을 보이지 않았다.

"당신이 버틴다고 추방령이 거둬지진 않을 겁니다."

"날 쫓아내고 당신들이 수사를 해서 남측 직원 중 한 명을 범인으로 지목하면 대한민국 정부가 그걸 받아들이겠습니까? 시신이랑 유품을 운송하면서 현장은 법의학적 증거를 수집할 수 없을 정도로 훼손됐을 것 같은데 말이죠. 거기다 대한민국 사람을 북한 공안 요원이 취조하는 걸 용납하지는 않을 겁니다. 그리고 말입니다."

잠깐 뜸을 들인 강민규가 오재민 소좌를 향해 말했다.

"당신들이 대한민국 사람이 탈북자인 북풍회의 사주를 받아서 같은 대한민국 사람을 죽였다고 발표하면, 그 순간 개성 공단은 끝장나고 말 겁니다."

그의 말이 끝나기가 무섭게 오재민 소좌가 소리쳤다.

"이곳은 조선 인민민주주의 공화국의 영토다. 공화국에서 혜택을 베풀었으면 감사하게 받아들일 줄 알아야지!"

"이런 식으로 남북 간의 갈등을 일으키는 게 북풍회의 진짜 목적이라고, 이 멍청한 양반아! 대한민국에서는 북한 단독으로 뭘 조사하든지 믿지 않을 거야."

한 차례씩 거친 얘기가 오가자 침묵이 찾아왔다. 팔짱을 낀 채 의자에 앉은 강민규는 씨근덕거리는 오재민 소좌를 바라봤다. 천천히 남은 담배를 다 피운 그는 탁자에 담배를 비벼서 끄고는 의자에서 일어났다. 그리고는 아무 말 없이 서류를 챙겨서 밖으로 나갔다. 거칠게 문이 닫히는 소리와 복도를 울리는 발소리가 차츰 멀어져 갔다.

강민규는 도로 침대에 누워서 잠을 청했다.

그날 밤, 잠을 자고 있던 강민규는 낮에 사라졌던 발소리를 다시 들었다. 문을 열고 들어선 오재민 소좌가 아직 침대에 누워 있는 그를 내려다봤다.

"공화국과 남조선이 당신을 개성 공단에서 추방시키기로 합의했소."

어느 정도 각오하긴 했지만 맥이 풀린 강민규는 도로 눈을 감았다.

"추방은 다음 주 월요일 아침에 시행될 거요."

그 얘기를 들은 강민규는 눈을 떴다.

"그럼 며칠 동안은 여유가 있는 셈이군요."

"공화국 형법에는 용의자를 체포한 이후 열흘 이내에 혐의점을 찾지 못하면 석방하도록 돼 있소. 개성특급시 인민 재판소에서는 당신의 구금 결정을 내일 취소할 것이오. 내일 아침에 밖에서 봅시다."

얘기를 마친 오재민 소좌는 돌아서서 밖으로 나갔다. 아까 낮에 그가 한 얘기가 먹혀들어 간 것이다. 당사자인 자신이 조사에 참여한다면 대한민국에서도 북측의 조사 결과에 대해서 태클을 걸지 못할 것이라고 계산한 모양이다. 한결 기분이 좋아진 강민규는 팔베개를 하고 잠을 청했다.

4. 남과 북 - 첫 번째 날

날이 밝자 첫날 만났던 조사관이 찾아와서는 구금이 풀렸음을 알려 줬다. 강민규는 조사관이 청한 악수를 무시하고는 밖으로 나갔다. 복도를 지나 현관을 나서자 제복 차림의 오재민 소좌가 계단을 등지고 서 있었다. 그가 옆에 서자 오재민 소좌가 물었다.

"바깥에 나오니까 어떻습니까?"

"바깥 공기가 좋은 건 대한민국이나 여기나 마찬가지 같습니다."

"한 가지 분명히 해 둘 게 있소. 당신은 북남 간의 관계를 고려해서 석방된 것이지, 혐의가 완전히 벗겨지거나 행동의 자유가 주어진 게 아니오. 원칙적으로 이곳에 있는 동안은 당신은 내 감시 아래에 놓인 거요."

"범인을 잡기 전까지는 도망칠 생각은 없으니 염려 말아요. 시간이 없으니까 가면서 얘기합시다."

"왜 그렇게 범인을 잡는 거에 집착하는 겁니까?"

오재민 소좌의 질문에 강민규는 우뚝 서서 대답했다.

"이대로 돌아가면 망하니까. 살인자라는 손가락질을 받으면서 살기도 싫고 말이오."

"나와 조사관에게는 무죄라고 당당하게 얘기해 놓고 너무 약한 거 아닙니까?"

"세상은 진실에는 관심이 없어요. 오직 자기 입맛에 맞는 사실에만 눈길을 주거든. 피차 애매하게 존댓말과 반말 오가지 말고 말 놓읍시다. 보아하니 나랑 나이도 비슷한 것 같은데 말이오."

"당신이 내 부하였거나 동료였다면 정강이를 한 대 까였을 거요. 하지만 그런 거로 다툴 생각이 없으니 그렇게 합시다."

"일단 공장부터 가지. 며칠 동안 옷도 못 갈아입고 씻지도 못해서 샤워부터 해야겠어."

"그러지."

마땅찮은 말투로 대답한 오재민 소좌가 담배를 꺼내 물었다. 몇 걸음 걷던 강민규가 피식 웃었다.

"살다 살다 호위총국 요원이랑 파트너가 될 줄은 꿈에도 몰랐네."

"나도 남조선 군관 출신이랑 일하게 되리라고 상상도 못 했지."

한마디씩 얘기를 나누고 피식 웃은 두 사람이 공장에 나타나자, 셔틀버스에서 내려서 출근하던 북한 근로자들은 하나같이 입을 다물지 못했다. 현관 앞에서 북한 근로자들을 맞이하던 이 부장과 홍 과장도 마찬가지였다. 두 사람에게 가볍게 눈인사를 하고 3층 숙소로 올라간 강민규는 방으로 들어가서 샤워를 하고 옷을 갈아입었다. 머리에 수건을 뒤집어쓴 채 밖으로 나온 강민규는 마침 숙소로 들어선 이성원 부장에게 물었다.

"여사님은 어디 갔어요?"

"어제 짐 싸서 내려갔어. 무섭다고 더 못 있겠대."

"법인장님은요?"

"시신은 공단에 있는 병원으로 옮겨졌고, 유품은 엊그제 정리해서 내려보냈어. 덕분에 공장도 이틀이나 쉬어서 주문이 잔뜩 밀렸고 말이야."

"그럼 주말에도 특근을 하겠네요."

"그래야 할 거 같아. 자네는 어떻게 된 거야?"

이성원 부장이 숙소를 살펴보고 있던 오재민 소좌를 힐끔거리면서 물었다.

"잠깐 빨갱이랑 손잡고 일할 거 같아요. 사장님은 안 올라오셨습니까?"

"내가 올라와 달라고 그렇게 얘기를 해도 들은 척도 안 하고 있어. 겁쟁이 같으니라고."

"겁쟁이요?"

"결론이 날 때까지 올라오지 않을 거야. 잘못하면 독박을 쓸지도 모른다고 생각하나 봐. 이런 쪽으로는 촉이 기가 막히거든."

"법인장님이 돌아가시던 날, 공장에 누가 남아 있었는지 알 수 있습니까?"

"일지 보면 알 수 있지. 빨갱이랑 손잡고 일한다는 게 무슨 소리야?"

"살인범을 잡아야죠. 그게 남이든 북이든 말입니다."

"아무튼 난 모르는 일이니까 알아서 하게."

손사래를 친 이성원 부장이 허둥지둥 숙소를 나갔다. 강민규는 찬장에서 컵라면 두 개를 꺼내서 테이블에 올려놨다. 그리고 냉장고에서 김치를 꺼내면서 소리쳤다.

"어이! 라면이나 먹고 시작하지?"

테이블에 마주 앉아 컵라면을 먹던 오재민 소좌가 지나가는 말처럼 입을 열었다.

"현장은 깨끗이 치워졌어."

"어차피 있어 봤자 건질 수나 있겠어?"

"남조선에서 이번 사건이 유야무야되기를 바라는 것처럼 공화국에서도 마찬가지야. 공식적인 조사는 애초부터 불가능했어."

"그러니까 셜록 홈즈가 돼야 한다 이 말이지. 셜록 홈즈가 누 군지 알아?"

젓가락을 내려놓은 오재민 소좌가 피식 웃었다.

"1852년경에 태어난 영국의 탐정으로 1887년에 주홍색 연구 로 처음 등장했고, 1891년에 모리어티 교수와 싸우다가 폭포에 떨어져서 실종됐지. 3년 후에 다시 나타나서 활약하고 은퇴했다 가 제1차 세계대전 즈음에 마지막으로 활약을 하고 완전히 은퇴 를 했어. 연구자들은 그가 1957년에 100살이 넘게 살다가 죽었 다고 추정하고 있지."

어이가 없어진 강민규가 중얼거렸다.

"맙소사."

"남조선에서는 추리소설이라고 부르는 걸 우린 정탐 소설이 라고 부르지. 몇 년 전에 나온 세계아동문학선집에서도 바스커빌 가의 개가 포함돼 있어."

한 방 먹은 강민규가 고개를 절레절레 내저었다. 산뜻하게 웃 은 오재민 소좌가 물었다.

"이제 어떻게 할 건가, 셜록 홈즈?"

"모든 가능성이 실패로 돌아갔을 때 그나마 남는 가설이 진실 일 것이다."

"브루스 파팅턴 호 설계도 편에 나온 얘기군. 어떤 가설을 세울 건데?"

"첫 번째! 범인은 이 공장 사람이다!"

"밖에서 침입한 흔적이 없어서?"

"사망 시간이 최소한 밤 12시야. 사람들이 돌아다니지 않는 시간이고, 공장도 문을 폐쇄하거든."

"그럼 남조선 사람 중 한 명이 범인일 수밖에 없어."

"공장은 계속 야근 중이었어. 일단 공장에 남은 사람들의 그날 밤 행적을 확인해 보지고. 라면 다 먹었으면 움직이자."

두 사람이 사무실에 내려오자 분위기가 묘했다. 직장장은 미리 자리를 떴는지 보이지 않았고, 노스페이스 차림의 총무 김장엽도 딴청을 피웠다. 강민규는 컴퓨터를 들여다보고 있던 백영희에게 다가갔다.

"월요일 밤에 공장에서 야근한 사람 명단 좀 보여 주세요."

"그날 야근을 안 해서 잘 모르겠는데요."

"야근 일지 있는 거 알고 있어요."

강민규가 딱 잘라 말하자 그녀는 대답 대신 총무 김장엽을 바라봤다.

그녀가 여전히 대답이 없자 오재민 소좌가 나섰다.

"사건을 수사 중이니까 협조하시오."

거의 울 것 같은 백영희의 모습에 김장엽이 나섰다.

"무슨 일인지는 모르지만 직장장이나 내 허락 없이는 공장 직원들의 기록을 보거나 면담할 수 없습니다."

뜻밖의 암초에 부딪쳤지만 오재민 소좌가 히죽 웃었다.

"난 자네가 누구한테 뇌물을 얼마나 주고 이 자리를 꿰찼는지 잘 알고 있어. 직장장도 마찬가지고 말이야."

"어, 어디서 오셨습니까?"

대한민국에서 이런 얘기를 들었다면 펄펄 뛰었겠지만, 북한에서는 확실히 반응이 달랐다. 잔뜩 주눅이 든 김장엽에게 오재민 소좌가 쏘아붙였다.

"호위총국 소속의 오재민 소좌다! 남조선 등산복을 위아래로 차려입고 잘도 나불거리는군."

그 얘기가 끝나기가 무섭게 김장엽은 입고 있던 노스페이스 등산복을 벗어서 내동댕이쳤다.

"몰라봐서 죄송합니다. 소좌 동무."

그 광경을 물끄러미 바라보고 있던 강민규는 백영희를 바라봤다. 그러자 백영희가 재빨리 서랍에서 야근 일지를 꺼내 건넸다. 야근 일지를 챙긴 오재민 소좌가 김장엽을 노려봤다.

"직장장 어디 갔나?"

"자, 잠깐 총국에 가셨습니다."

"어디 숨어서 안테나 내밀고 있군. 당장 공장으로 돌아오라고 해. 안 그러면 부하들을 보내서 끌고 오겠다."

"잠시만 기다려 주십시오."

김장엽이 허둥지둥 나가는 것을 본 백영희가 굳은 표정으로 모니터를 들여다봤다.

휴게실에 앉아서 야근 일지를 들여다본 두 사람은 골똘히 생각에 잠겼다. 볼펜으로 야근을 했던 사람들을 체크한 오재민 소좌가 고개를 갸웃거렸다.

"18명이나 남았다니 생각보다 많네."

"그러게. 일일이 조사를 해 봐야겠지."

"아무리 못 잡아도 하루는 걸릴 거 같은데. 그 전에 남조선 직원들을 먼저 조사해야지."

"그쪽은 내가 확인해 봤어."

"잡히기 전에 잠깐 한 게 고작이지. 공화국 주민들을 조사하려면 남측 직원들 먼저 조사해야지. 안 그러면 상호 간에 협조가 어렵지 않겠어?"

야근 일지를 덮은 오재민 소좌의 말에 강민규가 고개를 절레절레 저었다.

"시소도 아니고 자존심 싸움하자는 거야?"

"셜록 홈즈를 그렇게 좋아하면서 왜 처음부터 공화국 주민이 범인이라고 몰고 가는데?"

"그러는 넌 왜 대한민국 사람을 의심하는데?"

"범행이 일어난 장소는 공화국 주민들이 접근하지 못하는 곳이야. 우발적인 살인이 아니라 사전에 계획된 살인이라면, 그 장소를 잘 알고 접근할 수 있는 남조선 사람을 먼저 의심해야지."

"시소게임도 아니고 뭐 하자는 거야!"

"호의가 계속되면 권리인 줄 아는데 여긴 공화국 땅이라고!"

북한 호위총국 장교 입에서 대한민국 영화 대사가 튀어나올 줄은 꿈에도 몰랐던 강민규는 피식 웃고 말았다.

결국 남측 직원들을 먼저 조사하게 됐다. 사실 강민규도 짧게 물어봤던 게 고작이었기 때문에 확신할 수 없는 부분이 많았다. 조사는 3층 남측 직원의 숙소 거실에서 진행됐다. 사무실의 자판기 커피를 들고 나타난 이성원 부장은 떨떠름한 표정으로 강민규에게 물었다.

"내가 용의자야?"

"그랬으면 이 친구가 가만 안 있었을 겁니다."

"그때도 말했지만 난 아무것도 몰라. 아침에 이 여사가 난리를 쳐서 가 본 게 전부라고."

"법인장님과는 얼마나 오래 같이 계셨습니까?"

"그거야, 이 공장에 오면서부터였지. 재작년에 발령받아서 왔더니 나보다 한 달 정도 먼저 와 있더라고."

"법인장님은 이곳에서 경력이 아주 오래됐다고 들었는데요."

"산증인이지. 초창기부터 들락거렸다고 들었어."

"주변 관계나 그런 건 어떻든가요? 특별히 원한을 사거나 그런 일은 없었습니까?"

이성원 부장은 고개를 저었다.

"강 과장도 봤잖아. 한마디로 색깔이 없는 사람이야."

"저랑 엄청나게 티격태격했잖아요."

"그건 나도 이상해. 화날 일이 있어도 그냥 허허 웃고 넘어가던 분인데 말이야."

"법인장님이 돌아가시던 날 어떤 일이 있었습니까?"

"자네도 알다시피 그 건으로 난리가 났잖아. 사무실에서 쥐죽은 듯이 있었던 게 전부야. 법인장님도 아무 말 없이 저녁 먹고 방으로 들어갔고 말이야."

"법인장님 방 비밀번호는 누가 알고 있습니까?"

"이말자 여사가 청소 때문에 방 비밀번호는 다 알고 있어."

"딴 사람들은요? 확인할 거니까 거짓말할 생각은 하지 마세요."

"뭐, 방이 몇 번 바뀐 적이 있어서 다른 방 비밀번호를 알기는 알지. 원래 바꿔야 하는데 다들 귀찮아서 안 바꾸거든."

그때까지 잠자코 듣고 있던 오재민 소좌가 이성원 부장에게 질문을 던졌다.

"저 방은 언제부터 법인장이 썼습니까?"

"그게, 작년 겨울부터였습니다. 방이 춥다고 해서 저기로 바꿨죠."

"그전에는 어느 방을 썼습니까?"

"거실과 붙어 있는 방이요. 저기 저 방."

이성원 부장이 손으로 가리킨 방을 바라본 오재민 소좌가 뭔가 알 거 같다는 표정을 지었다. 이성원 부장의 뒤를 이어서 온 홍광일 과장도 비슷한 얘기를 들려줬다.

남측 직원에 대한 조사가 끝나자 오재민 소좌는 벌떡 일어나서 유순태 법인장의 방으로 향했다. 방 앞의 복도에 선 그가 숙소의 출입문을 바라보면서 짧게 던졌다.

"가깝군."

"뭐가?"

"숙소 바깥 출입문 바로 앞에 있는 방이잖아. 보통은 거실로 나오기 편하고 조용한 안쪽 방을 제일 높은 사람이 쓰거든. 그런데 죽은 법인장은 숙소 출입문에서 가장 가까운 방으로 일부러 갔잖아."

생각지도 못한 얘기를 들은 강민규가 고개를 갸우뚱거렸다. 전혀 생각지도 못한 부분을 얘기한 것이다.

"추워서 갔다고 하잖아."

"지금 꽃 피는 5월이야."

"귀찮아서 안 바꿨겠지."

"그런 게 귀찮았으면 방을 바꾸지도 않았을 거야."

수긍할 수밖에 없었던 강민규는 작게 투덜거렸다.

"CCTV 하나만 있었어도 이 고생은 안 하는 건데."

툴툴거리는 그에게 오재민 소좌가 말했다.

"이제 남은 건 너뿐이네. 그날 뭐 하고 있었어?"

"그날 저녁에는 법인장 얼굴도 못 봤어. 8시쯤 들어와서 늦은 저녁 먹고 바로 방으로 들어갔거든. 나도 용의 선상에 오른 건가?"

"증거가 없는 거지, 혐의를 벗은 건 아니니까."

한 방 먹은 강민규가 입을 삐죽 내밀었다.

"남측 사람들 조사 끝났으니까 이제 북측 근로자들을 조사할 차례지?"

* * *

북측 근로자들에 대한 조사는 같은 3층에 있는 식당에서 진행됐다. 강민규는 잠깐 뭘 가지러 간다는 핑계를 대고 방에 가서 UV 램프를 꺼냈다. 램프에 테이프를 둘둘 감아서 옷 속에 숨긴 후 짐짓 모른 척하고 식당에 들어섰다.

긴 테이블과 의자가 있는 식당에는 처음 들어와 본 강민규는 연신 주변을 두리번거렸다. 회사 측에서 국을 제공해 주기는 하지만 재료만 받아서 만드는 건 북측 근로자들의 몫이었다. 식당은 그들의 비밀 공간이나 다름없어서 식사뿐만 아니라 각종 생활 총화들도 이곳에서 열렸다. 점심 식사가 막 끝난 상태라 그런지 한쪽에서는 설거지를 하는 중이었다. 다행스럽게도 오재민 소좌는 화장실에 갔는지 자리를 비운 상태였다. 식탁 앞에 놓인 의자에 앉은 강민규는 잽싸게 식탁 아래에 UV 램프를 테이프로 붙인 다음 스위치를 켰다.

화장실에 다녀온 오재민 소좌가 자리에 앉는 것으로 심문이 시작됐다. 야근 일지에 적힌 18명 중 제일 먼저 불려 온 사람은 공혁수였다. 쭈뼛거리면서 식당으로 들어선 공혁수는 두 사람을 번갈아 쳐다봤다. 강민규는 옆자리에 앉은 오재민 소좌를 슬쩍 가리켰다. 모나미 볼펜을 손가락 사이에 끼운 그는 노트를 펼쳐 놓고 들여다보는 중이었다.

"당신이 거짓말을 하면 이 친구가 가만 안 있을 겁니다."

"전 아무것도 모릅니다. 본 것도 없고 들은 것도 없습니다."

바짝 얼어붙은 공혁수가 말하자 강민규는 고개를 절레절레 흔들었다.

"우리 공장 최고의 정보통이 이러시면 곤란하지. 법인장이 죽었다는 걸 알게 된 게 언제입니까?"

"아, 아침에 출근해서 여기에서 생활 총화를 끝내고 2층으로 내려가던 때였습니다. 남측 직원 숙소에서 뭔 일이 벌어졌다고 해서 우르르 몰려갔고, 거기서 이말자 씨가 법인장이 죽었다고 얘기하는 걸 들었습니다."

"월요일 저녁에는 왜 야근을 했습니까?"

"주문이 밀렸다고 법인장님이 걱정하셔서요. 낮에 들어온 원단을 좀 잘라 놔야 다음 날 오전에 일을 빨리 쳐낼 수 있습니다. 저뿐만 아니라 우리 반 사람 다섯 명도 모두 남아서 일을 했습니다."

공혁수의 열변을 잠자코 듣던 오재민 소좌가 불쑥 끼어들었다. 그 틈에 강민규는 자연스럽게 볼펜을 떨어뜨리고 줍는 척하면서 식탁 아래를 살폈다. 식탁 아래 붙여 놓은 UV 램프에서 흘러나온 은은한 푸른빛이 공혁수의 신발을 비쳤다. 재빨리 상태를 확인한 그는 볼펜을 집어 들고 허리를 폈다. 오재민 소좌는 공혁수에게 계속 말을 하는 중이었다.

"노력 동원을 그렇게 열심히 해 보지? 저녁에 간식도 주고 샤워할 수 있으니까 그냥 핑계 대고 남은 거잖아. 어차피 집에 가 봐야 마누라 한숨밖에는 들을 게 없으니까 말이야."

"아, 아닙니다. 소좌 동지. 법인장이 하도 급하다고 간청을 해서 그랬습니다. 다른 조원 동무들에게 물어보십시오."

"안 그래도 한 명씩 불러서 천천히 물어볼 거야. 여기 남조선 사람 앞에서 거짓말을 해서 공화국의 체면을 깎은 사실이 밝혀지면, 앞으로 개성 공단에서 발붙일 생각은 하지 않는 게 좋아."

"아, 알겠습니다."

두 사람의 얘기가 끝나자 강민규가 입을 열었다.

"저녁에 몇 시까지 작업했습니까?"

"어, 그러니까 새벽 2시까지 일하고, 3층에 올라와서 샤워하고 탈의실에서 잤습니다."

"누구랑 같이 있었던 겁니까?"

"우리 반 조원이 모두 함께 움직였습니다. 화장실을 갈 때도 둘이 같이 가도록 했고요."

"그럼 2층에 쭉 있다가 새벽 2시에 3층으로 올라왔을 때 숙소에 누가 드나드는 거 보지 못했나요?"

"잘 아시겠지만 계단에서 올라와서 탈의실로 바로 가면 숙소 쪽은 안 보입니다. 그쪽 복도는 불도 꺼져 있어서 보이지도 않고 말입니다."

강민규는 살인이 벌어지기 전 공혁수가 능글맞은 표정으로 자신에게 경고를 했던 모습을 떠올렸다. 넘치던 자신감은 온데간데없이 안절부절못했다.

다음으로 불려 온 같은 조원 다섯 명의 얘기도 똑같았다. 나머지 12명의 얘기도 비슷했다. 저녁 먹고 야근한 다음에 탈의실에서 잠을 잤거나 밤새워 일하고, 아침에 퇴근해서 집에 돌아갔다는 것이다. 모두 2명 이상 조를 짜서 움직였고, 잠을 잘 때도 다 모여서 잤다고 진술했다. 언뜻 보면 빈틈이 없어 보였지만 노련한 수사관이었던 강민규는 완벽해 보이는 알리바이를 뚫어지게 들여다봤다.

"이제 얘기를 들었으니 깰 차례지?"

18명의 진술을 모두 받자 해가 떨어질 기미가 보였다. 며칠 동안 공장이 가동이 안 된 탓에 대부분 직원이 야근을 하게 됐다. 식당에 하나둘씩 들어서는 그들을 보면서 강민규가 일어나려고 하자, 오재민 소좌가 잠깐 앉아 있으라는 손짓을 했다. 잠시 후, 직장장 황철진이 두리번거리면서 식당 안으로 들어섰다. 오재민 소좌가 오라는 손짓을 하자 한걸음에 달려왔다. 그리고 의자에서 일어나 다가온 그에게 호통을 쳤다.

"대체 어떻게 관리해서 공장에서 이렇게 큰일이 벌어진 거야!"

"그, 그게……."

"공화국 인민이 남조선 사람을 죽였다는 의심을 사고 있잖아. 직장장이 똑바로 관리를 했으면 이런 일이 벌어졌겠소? 아무튼 이번 일에 대해서 책임을 면치 못하게 된다는 점을 명심하시오."

"억울합니다. 소좌 동무!"

"그날 있었던 18명의 진술을 다 받아 놨어. 여기서 눈곱만큼의 거짓이 있으면 그것도 다 직장장 책임이라는 점도 잊지 마시오."

황철진이 당장이라도 울 것 같은 표정으로 하소연을 했지만 오재민 소좌는 들은 척도 하지 않고 자리를 떴다. 강민규는 오재민 소좌의 뒤를 따라 복도로 나왔다.

"일부러 그런 거지?"

"저런 종자들은 큰소리를 쳐야 알아먹거든."

"북한에서는 이런 협박이 먹히나? 우린 옛날에 없어졌는데."

"드라마 보니까 꼭 그렇지도 않던데."

"젠장. 알아도 너무 잘 아는군."

얘기를 주고받는 사이 두 사람은 탈의실 앞에 도착했다.

탈의실 유리문을 열고 커튼을 젖히자 목욕탕 라커룸처럼 장판이 깔린 공간이 보였다. 남자와 여자가 사용하는 공간도 커튼으로 나뉘어 있었다. 벽 쪽에는 사람이 누워서 잘 수 있을 만한 평상이 주르륵 놓여 있었는데, 북측 근로자들이 주워 온 재료로 직접 만들었는지 몹시 조악했다.

"야근을 하고 여기서 자는 모양이군."

"어차피 집에 돌아가 봤자 할 것도 없잖아. 여긴 난방도 되는 데다가 뜨거운 물이 계속 나오니까 나쁘지 않지."

착잡한 표정의 오재민 소좌가 대꾸하고는, 탈의실을 살피면서 아까 북측 근로자들이 진술한 내용을 적은 노트를 다시 꺼내 봤다. 강민규도 진술 내용들을 머릿속에 떠올리면서 천천히 살펴봤다.

보통 조사가 시작되면 용의자들은 빠져나갈 구멍들을 미리 만들어 놓는다. 가짜 알리바이를 대는 방식이 가장 많은데 이는 나중에 오히려 덫으로 작용한다. 거짓말은 항상 크고 작은 균열들을 가지고 있다. 그걸 찾아내면 진술한 사람의 거짓말의 깊이를 깨달을 수 있고, 결국 진실로 접근할 수 있게 된다. 그래서 용의자가 진술할 때 일단 믿는 척하면서 경청하는 게 추리의 시작 단계다. 물론 한 가지 목적이 더 있었지만 그건 오재민 소좌에게도 말하지 않고 숨겼다.

강민규는 그날 밤, 공장에 머물렀던 사람들이 지냈다고 주장한 탈의실을 보면서 진실과 거짓을 가려 낼 그림을 그려 봤다. 그런 강민규에게 오재민 소좌가 물었다.

"그림이 그려져?"

"수채화까지는 아니어도 수묵화는 그려지는데?"

"색칠을 듬뿍 칠해야 잘 보이지."

"그럼 그 전에 이 사람들부터 조사해 보지."

"누구."

오재민 소좌의 물음에 강민규는 야근 일지에 적혀 있는 두 명을 골랐다.

"이 사람들은 왜?"

"진술이 불분명해. 문정기 씨는 새벽 3시에 일을 마치고 들어와서 탈의실에서 잠을 잤다고 했잖아. 그런데 새벽 2시에 일을 마치고 먼저 잠든 공혁수 조에서는 일절 언급이 없었어."

"깊이 잠들면 모를 수도 있잖아."

"문정기 씨가 잠을 잤다고 한 데가 제일 안쪽이었어. 아무리 익숙하다고 해도 어두운 채 거기까지 갈 수는 없잖아. 갑자기 불을 켰으면 당연히 잠에서 깼겠지. 그런데 공혁수 조장을 포함해서 모두 그냥 잠들었다고만 진술했어."

"그럼 이 여자는?"

"고정숙 씨도 비슷해. 새벽 3시 30분쯤에 일을 마치고 여자 탈의실에서 잠을 잤다고 했는데, 같이 잠을 잤던 동료들은 모두 잠들었다고 했거든. 그런데 여기 한 명이 3시 20분쯤 샤워를 마쳤다고 했어. 남자는 모르지만 여자가 10분 안에 머리 말리고 잠이 들 수는 없어."

"두 사람이 의심스럽다?"

"다들 자기한테 불똥이 튈까 봐 납작 엎드려 있는데 용감하게도 거짓말을 했잖아. 왜 그런지 궁금하지 않아?"

강민규의 물음에 오재민 소좌는 어깨를 가볍게 으쓱거렸다.

* * *

잠시 후, 나란히 불려 온 문정기와 고정숙은 작은 체구에 까무잡잡한 얼굴을 한 전형적인 북한 사람의 모습이었다. 두 사람은 의자에 앉자마자 얼굴을 들지 못했다. 강민규는 일부러 뜸을 들이면서 충분히 긴장감을 불러일으킨 후에 질문을 시작했다.

"문정기 씨. 왜 거짓말했어요?"

"네? 거짓말이라뇨?"

"새벽 3시에 탈의실에 들어가서 잤다고 했죠? 사실입니까?"

"무, 물론입니다. 일을 마치는 대로 바로 들어가서 잤습니다."

"불을 켜고 평상에 누웠습니까, 아니면 불을 켜지 않았습니까?"

대답을 하려던 문정기는 마른침을 삼켰다. 그 옆에 앉은 고정숙의 눈동자가 심하게 흔들리는 것도 보였다. 강민규가 팔짱을 끼면서 두 사람을 번갈아 바라봤다.

"법인장은 밤 12시 이후에 살해당했고, 아침 7시에 발견됐습니다. 그 얘기는 그 시간에 공장 안에 있던 사람들은 모두 용의자가 될 수밖에 없다는 뜻입니다."

강민규의 얘기가 끝나기가 무섭게 고정숙이 왈칵 울음을 터트렸다. 목 놓아 울던 그녀에게 오재민 소좌가 넌지시 말을 건넸다.

"너희 8.3 부부지?"

"아, 아닙니다."

"아니에요."

두 사람이 거의 동시에 손사래를 치면서 아니라고 했다. 8.3 부부가 무슨 뜻인지 모르는 강민규는 잠자코 보고만 있었다.

"사실대로 얘기하면 그 부분에 대한 처벌만 하고 넘어간다. 하지만 끝까지 버티면 어떻게 되는지 알지?"

오재민 소좌의 으름장에 결국 펑펑 울던 고정숙이 문정기에게 말했다.

"속 시원하게 털어놓으세요."

"저, 그게 처음부터 그러려고 했던 건 아닙니다. 공장에서 밤낮없이 같이 일하다 보니까 자꾸만 정이 들었지 뭡니까."

"그래서 단둘이 오붓한 시간을 보내기 위해서 야근을 자처하셨구먼. 그날 밤 둘이 어디 있었어?"

"2층 창고에 있었습니다."

"올라오면서 3층 남조선 직원 숙소 쪽에 이상한 거 못 봤어?"

"복도가 꺾여져서 그쪽이 안 보이는 거 아시잖습니까?"

울상이 된 문정기의 대답에 강민규는 가만히 고개를 끄덕거렸다. 이 와중에 거짓말을 하는 사람은 드물었다. 그리고 두 사람이 목표도 아니었다. 오재민 소좌가 날 선 눈빛으로 쏘아보는 사이 강민규가 슬쩍 나섰다.

"나도 두 사람이 범인이라고 생각하지는 않습니다."

"저희가 8.3 부부인 건 맞지만 법인장님을 죽인 범인은 아닙니다. 내내 둘이 같이 있었습니다."

"그럼 이렇게 하죠. 두 분이 그 건으로 처벌받는 것은 막을 수 없습니다. 하지만 적절한 정보를 제공해 준다면 용의자로 삼지는 않겠습니다."

강민규의 얘기를 들은 두 사람은 서로의 얼굴을 바라봤다.

"이 일이 알려져서 처벌을 받는다면 죽은 거나 다름없습니다."

"여기 들어오려고 쓴 돈이 얼만데, 살려 주십시오."

강민규가 오재민 소좌에게 말했다.

"지금 8.3 부부가 중요한 건 아니지 않아?"

오재민 소좌가 가볍게 수긍했다.

"그럼 두 사람의 말을 들어 보고 어떻게 할지 결정하도록 하지."

두 사람이 지켜보는 가운데 고정숙이 먼저 입을 열었다.

"법인장님이 돌아가셨다는 소식을 듣고 나서 직장장님이 그날 야근한 사람들을 모두 식당으로 소환했습니다. 그리고 무슨 일로 야근을 했는지 물어보시고, 어떻게 얘기해야 할지도 일일이 지정해 주셨습니다.”

“그래서 처음에 우리가 나타났을 때 코빼기도 안 보였군.”

“어차피 야근한 사람들끼리도 다 모여서 회의를 하긴 했습니다.”

“그렇게 서로 알리바이를 만들어 줬군.”

“그런 건 아닙니다. 개성 공단 안의 작은 공장에서 갈 데가 어디 있고, 숨을 곳이 어디 있겠습니까? 그냥 말만 맞춘 수준이지요.”

“두 사람은 왜 그게 안 된 겁니까?”

“우리까지 챙겨 주려면 일이 어려워진다고 자력갱생하라고 했습니다.”

“누가요?”

“누구긴요. 영희 그 계집애죠.”

고정숙의 퉁명스러운 얘기를 들은 강민규는 야근 일지를 내놓지 않으려고 했던 진짜 이유를 깨달았다. 자신이 용의 선상에 오르는 걸 피하기 위해서였다.

“내가 저녁 먹을 때 옆에서 초코파이랑 바나나 우유까지 챙겨 줬는데도 모른 척을 했습니다. 어린 계집애가 사무실에서 일한다고 어른을 무시해도 유분수지.”

고정숙이 분에 못 이겨 내뱉는 얘기를 들은 강민규는 고개를 갸우뚱거렸다.

"백영희 씨가 저녁때까지 공장에 있었나요?"

"야근을 하면 사무실에서도 당직을 섭니다. 원래는 직장장이나 총무가 해야 하는데 빠지는 경우가 많아서 다른 직원들이 남아요. 월요일 날은 영희가 남았습니다."

백영희가 야근을 했다는 걸 알게 된 강민규는 떨떠름한 표정을 지었다.

* * *

법인장실로 불려 온 백영희에게 강민규가 물었다.

"왜 야근했다고 말하지 않았어요?"

"저녁을 먹은 건 사실이지만 밤을 새우지는 않았습니다."

"그래서 야근 일지에 자기 이름을 빼 버린 건가?"

"방금 말씀드렸듯이 저녁을 먹고 서류 정리하고 퇴근했습니다. 애초에 야근할 계획이 없어서 이름을 따로 적지는 않았습니다."

"몇 시에 퇴근했는데?"

"8시 반쯤입니다."

"사무실에는 아무도 없었고?"

강민규의 물음에 그녀는 고개를 저었다.

"이 부장님이 남아 계셨습니다. 밤을 새운 사람들만 조사하라고 해서 그랬습니다. 다른 뜻이 있었던 건 아닙니다."

"야근을 한 걸 숨기고 알리바이도 없으면 단번에 용의 선상에 오르게 될 수밖에 없어."

"전 혼자 있었던 적이 없었습니다. 사무실에서 내내 같이 일을 하다가 8시쯤에 야근할 사람 조사하러 2층으로 올라갔습니다."

"그리고?"

"명단을 확인하고 식당에서 고구마로 간단하게 배를 채웠습니다. 그리고 사무실로 돌아와서 서류를 작성한 다음에 퇴근했습니다. 그때 사무실에 이 부장님이 남아 계셨고요."

"사무실에서는 몇 시에 나갔는데?"

"몇 시인지는 정확하게 기억이 나지 않지만 8시 반쯤이었어요. 그때 옆 공장 김재천 씨와 인사를 나눴습니다."

"그 사람을 알아?"

"정식으로 인사를 나눈 적은 없는데 오다가다 본 적이 있습니다."

강민규는 백영희의 얘기를 들으면서 편의점에서 나오는 유순태와 스쳐 지나갔을 때 안에 김재천이 있었던 것을 떠올렸다. 유순태는 그의 인사를 받지 않았고, 김재천은 초콜릿을 구입하던 중이었다.

"유순태 법인장을 마지막으로 본 건 언제지?"

"점심 드시고 들어오셔서 사무실에 쭉 계셔서 못 봤어요. 그러다가 6시쯤 서류 찍으러 오셨을 때 봤어요. 커피 한 잔 뽑아 달라고 해서 뽑아 드리고 인사 나눈 것이 마지막이었어요."

몇 가지 더 물어보긴 했지만 그녀의 알리바이는 확실했다. 백영희가 법인장실을 나간 후에도 강민규는 말없이 의자에 앉아 있었다. 물론 백영희가 공장을 나가는 척하면서 돌아와서 3층의 남측 숙소로 올라와서 살인을 저지를 수 있었다. 하지만 그는 고개를 저었다.

"법인장같이 덩치가 큰 남자를 백영희가 그렇게 쉽게 제압할수는 없지."

강민규의 말을 들은 오재민 소좌도 고개를 끄덕거렸다.

"살인을 저지를 이유도 생각해 봐야지. 남조선 사람들이 법인장을 죽일 이유가 없으면 우리 공화국 사람들도 마찬가지 아니겠어?"

"그럼 외계인이나 미국이 죽인 거로 하지."

"미국은 왜?"

"남북 간을 이간질시켜서 전쟁을 나게 하려고 한다거나, 뭐 그런 거로……."

"그럴 거면 평양이나 서울에서 일을 저지르지, 왜 이곳에서 일을 벌이겠어."

"그렇지?"

강민규는 오재민 소좌의 말에 수긍했다.

"그나저나 8.3 부부라는 건 뭐야?"

"개성 공단에서 일하는 유부남 유부녀가 눈이 맞아서 부부 행세를 하는 걸 말하지. 집에서보다 이곳에서 지내는 시간이 더 많거든."

"그걸 왜 8.3 부부라고 부르는데?"

"8.3 인민소비품생산운동에서 시작된 용어야. 가짜나 사이비를 뜻하는 말이지."

심드렁하게 대꾸한 오재민 소좌는 의자에서 일어난 강민규에게 물었다.

"어디 가?"

"백영희 알리바이 확인하러."

회사 점퍼 차림의 강민규와 호위총국 제복을 입은 오재민 소좌가 나란히 사무실에 들이닥치자 김재천 과장은 입을 다물지 못했다.

"뭐하러 오셨습니까?"

"잠깐 좀 확인해 볼 게 있어서요."

낮은 목소리로 얘기한 강민규가 사무실을 쭉 둘러봤다. 그의 신호를 눈치챈 김재천 과장이 얼른 대답했다.

"뒷문 쪽으로 나가면 벤치가 있습니다. 일 마무리하고 나가도 록 하죠."

뒷문을 통해 밖으로 나오자 해가 떨어져서 그런지 주변이 어 둑했다. 거리에 켜진 가로등의 희미한 불빛이 겨우 어둠을 몰아냈 다. 벤치에 앉은 강민규는 아무 말 없이 기다렸다.

김재천 과장이 두 사람 앞에 나타난 것은 10분쯤 후였다. 코 끝에 걸린 뿔테 안경을 끌어 올린 그는 벤치에 앉아서 오재민 소 좌와 시시껄렁한 농담을 주고받던 강민규에게 물었다.

"추방됐다고 들었는데 아니었네요."

"다음 주 추방입니다. 그 전에 사람들한테 작별 인사를 하는 중이고요."

주머니를 뒤적거려서 담배를 꺼낸 김재천 과장에게 오재민 소좌가 라이터를 건넸다.

"뭘 확인하러 오셨습니까?"

강민규는 대답 대신 고개를 돌려서 원 실업 공장 쪽을 바라 봤다. 대각선으로 건물들이 세워진 탓에 좀 떨어져 있긴 했지만, 사무실로 이어진 현관이 어스름하게 보였다.

"월요일 저녁에 야근하셨습니까?"

"어차피 방에 가 봤자 TV 보는 거밖에는 할 게 없어서요. 사 무실에서 그냥 서류 정리했습니다. 월요일 날 해 놔야 금요일 날 조금이라도 일찍 나가거든요."

"그날 저녁에 백영희 씨를 보셨습니까?"

"누구요? 아! 담배 피우러 나왔다가 밖으로 나오는 걸 봤습니다."

"시간이 언제쯤이었나요?"

"아마 8시에서 9시 사이였을 겁니다."

"정확한 시간을 말씀해주실 수 있습니까?"

강민규의 물음에 잠시 생각하던 김재천 과장이 입을 열었다.

"대략 8시 20분에서 30분 정도?"

"거리가 제법 되는데 알아보셨습니까?"

"저쪽 공장 현관에 센서 등이 켜져 있어서요."

"백영희 씨와는 원래부터 알던 사이였나요?"

오재민 소좌를 힐끔 쳐다본 김재천 과장이 대답했다.

"정식으로 인사 나눈 건 아니고 오다가다 눈인사를 한 게 전부입니다."

얘기를 마친 김재천 과장이 들어가고 나서도 강민규는 벤치에서 일어나지 못했다. 하루 종일 분주하게 움직였는데 눈에 띄는 성과는 없었다. 금쪽같은 시간을 날렸다는 생각과 함께, 오늘 만나거나 스쳐 지나간 사람 중에서 범인이 있을 것이라는 추측이 머릿속을 떠나지 않았다.

선 채로 담배를 피우던 오재민 소좌가 원 실업 공장 쪽을 바라봤다.

"알리바이로 범인을 잡는 건 끝났군. 이틀 남았는데 어떻게 할 거야?"

"법인장이 여기서 죽을 수밖에 없었던 이유가 뭘까?"

"이곳에서 저지른 일 때문이겠지. 설마 우리가 손쓴 거라고 생각하는 건 아니지?"

"손을 써도 밖에서 썼겠지."

"믿어 줘서 고맙군. 이제 뭘 조사할 거야?"

"기본적인 알리바이는 확인했으니까 이제 법인장이 죽던 날 뭘 했는지를 알아봐야지."

"그걸 어떻게 알아볼 건데?"

"방을 살펴봤는데 약봉지랑 편의점 쿠폰이 나왔어."

"거기에서 단서를 찾을 수 있을까?"

오재민 소좌의 물음에 강민규는 벤치에서 일어나면서 대답했다.

"이곳에서 죽었다면 이유 역시 이곳에 있겠지. 내일은 법인장이 그날 뭘 했는지 알아봐야겠어."

"내일 아침에 공장으로 오지."

담배꽁초를 내던진 오재민 소좌가 몇 걸음 걷다가 멈췄다.

"노파심에서 얘기하는데 나에게 뭔가 숨기는 게 있으면 안 좋을 거야."

"내가 뭘 숨기고 있는 거 같은데?"

"공화국 인민이 살인을 저질렀을 거라고 확신하잖아. 거기다 귀중한 첫날을 공장 사람들의 알리바이를 확인하는 데 썼고 말이야."

"나한테 살인범 누명을 씌운 쪽에서 할 얘기는 아닌 거 같은데?"

"손잡고 일하기로 했으면 신의를 지키라고."

"노력해보지."

강민규는 오재민 소좌가 돌아간 다음에야 약속한 첫날이 지나갔다는 사실을 깨달았다. 충동적으로 벌인 것이 아닌 이상 살인은 거미줄처럼 얽혀 버린 감정 때문에 벌어진다. 개성 공단에서 살인을 저지른 이유는 분명 이 폐쇄된 지역과 연관이 있다고 그는 굳게 믿었다.

3층 남측 숙소로 들어온 강민규는 인기척을 살핀 후에 방에 들어가서 자그마한 손전등을 챙겼다. 언뜻 보면 일반적인 손전등이었지만 버튼을 두 번 누르자 푸른 UV 랜턴 빛으로 바뀌었다.

밖으로 나온 강민규는 유순태 법인장의 방으로 갔다. 그리고 첫 날 만년필에서 꺼낸 형광액을 뿌려 둔 곳에 갖다 댔다. 그러다가 침대 아래쪽에 뿌린 형광액이 지워져 있는 것을 발견했다. 히죽 웃은 그가 중얼거렸다.

"누가 다녀갔네."

배짱 좋게 오늘 다녀갔을 리는 없고, 그가 총국에 끌려간 화요일부터 목요일 사이에 들렀을 것이다. 돌파구가 생겼다는 사실에 강민규는 안도의 한숨을 내쉬었다. 그리고 헝클어진 형광액을 향해 말했다.

"우리 조만간 만나자고."

5. 행적 - 두 번째 날

알람 소리에 눈을 뜬 강민규는 서둘러 샤워를 하고 옷을 챙겨 입었다. 그리고 이 부장, 홍 과장과 컵라면으로 아침을 때웠다. 두 사람은 아무 말 없이 사무실로 내려갔다. 사건 때문에 며칠 동안 일을 하지 못하는 바람에 주말 내내 공장을 가동해야 했기 때문이었다. 강민규도 시간에 맞춰서 공장 밖으로 나왔다.

약속한 9시가 되자 북한군이 쓰는 검은색 지프가 공장 앞에 멈췄다. 제복 차림의 오재민 소좌가 내리는 것을 본 강민규가 너스레를 떨었다.

"아침 드셨나. 동무."

"동무는 아무 때나 붙이는 거 아니야. 서로 믿고 의지할 때나 쓰는 말이지."

"우리 서로 믿기로 한 거 아니었나?"

"그러기에는 북남은 너무나 멀지. 시작하기 전에 몇 가지 질문이 있어. 제대로 대답하지 않으면 어떠한 협조도 하지 않을 거야."

"이야. 아침부터 세게 나오네."

"첫째, 왜 다른 다급한 현안을 제쳐 두고 공장 직원들의 알리바이를 확인하느라 첫날을 보냈는지. 둘째, 피살된 원인에 관해서는 왜 조사를 하지 않는지, 그리고 마지막으로 나에게 숨기는 게 있는지야."

성마른 오재민 소좌의 질문에 강민규가 어깨를 으쓱거렸다.

"수사 짠밥 먹었으면 내가 뭘 하는지 알 거 아냐."

"물론 알지. 관련자들을 들쑤시고 다니면서 심리적인 압박을 주는 중이라는 거 말이야. 그런데 그건 시간이 많을 때나 하는 거고, 고작 사흘밖에 없는데 그중 하루를 그걸로 날렸다는 게 이해가 가지 않아."

"방식 차이겠지."

"그건 그렇다 치고 가장 중요한 문제가 법인장이 왜 죽었는지야! 충동적인 살인이 아니라 계획된 살인이라면 당연히 법인장과 살인자 간의 갈등이 문제겠지. 그런데 그쪽에는 전혀 관심이 없었어. 아니면 이미 알고 있는데 나한테 숨기고 있거나."

핵심을 찔린 강민규는 조심스럽게 시선을 피했다. 오재민 소좌는 그런 강민규에게 바짝 다가와 눈을 맞췄다.

"내가 왜 너를 풀어주고 협조하는지 잘 생각해 봐. 이 사건은 범인이 어느 쪽이건 반대편에서는 무조건 못 믿게 돼 있어."

"믿는 게 이상한 일이지."

"그래서 우리 둘이 수사를 하는 거지. 그래야 뒷말이 안 나오니까 말이야. 그런데 우리 둘조차 서로 숨기는 게 있으면 안 되지 않겠어?"

"논리정연하군. 자아비판 같은 걸 많이 해서 그런 거야?"

"난 자아비판 안 해. 그걸 듣고 심사하지."

"그럼 하룻밤 사이에 마음이 바뀌기라도 했나. 내가 범인인 거 같아?"

"어제 개성 공단 관리 위원회를 통해서 원종대 사장에게 자네를 고용해서 개성 공단에 보낸 이유를 물어봤어. 그랬더니 별 얘기를 안 하더군."

"우리 사장님이 좀 과묵한 사람이라."

"문제는 너야. 군대에서 헌병 부사관으로 근무한 경력이 있고, 전역 후에는 민간 조사업자로 일하던 사람을 급하게 채용해서 이곳으로 보냈어. 오자마자 법인장이랑 재고 문제로 티격태격했다는 걸 모를 줄 알아? 그리고 며칠 후에 법인장이 남측 인원들만 머무는 숙소에서 죽었어. 자네를 체포한 과정에 무리수가 있었던 건 사실이지만, 그 시점에서 가장 유력한 용의자였지."

"그럼 지금은?"

강민규의 물음에 오재민 소좌는 모자를 고쳐 쓰면서 대꾸했다.

"따라와."

오재민 소좌가 강민규를 데리고 간 곳은 공장 3층의 식당이었다. 식당 입구에선 직장장과 총무가 기다리고 있었다는 듯이 두 사람을 보자 깍듯하게 인사를 했다. 식당 안에는 긴장한 표정의 북한 근로지들이 모여 있었다. 그들 앞에 뒷짐을 진 오재민 소좌가 섰다.

"며칠 전 남조선 법인장이 이곳에서 사망한 불행한 사고가 있었다. 호위총국에서는 이 일을 중대하게 보고, 남조선 측과 긴밀히 협력하면서 이 일을 조사하고 있는 중이다."

식당 안은 침 넘기는 소리도 들릴 정도로 고요했다. 오재민 소좌는 잠시 침묵을 지키면서 긴장감을 고조시켰다.

"이번 주까지 이번 사건과 관련된 중대한 제보가 없을 경우에는 원 실업 공장에 근무하는 모든 종업원은 개성 공단에서 추방될 것이다."

추방이라는 말에 북한 근로자들이 눈에 띄게 술렁거렸다. 이곳에 들어오기 위해 막대한 뇌물들을 썼는데, 쫓겨나게 되면 엄청난 경제적 부담을 안게 될 게 뻔했다. 다들 억울하다는 표정을 지었지만 나는 새도 떨어뜨린다는 호위총국의 위세 앞에서는 꿀 먹은 벙어리가 됐다. 얘기를 마친 오재민 소좌는 뒤에 서 있던 직장장과 총무에게도 으름장을 놓고는 밖으로 나갔다. 뒤따라간 강민규가 계단을 내려가면서 이죽거렸다.

"이게 공화국 방식인가?"

"부러워?"

"표정들을 보니까 효과는 끝내주겠던데. 없던 죄도 만들어 낼 기세야."

"이곳에서는 개성 공단에서 일하는 것만으로도 중상류층 대접을 받아. 귀한 남조선 물건들을 만질 수 있고, 안정적으로 먹고 사는 기반이 마련되니까. 그걸 송두리째 날려버리고 싶지 않으면 알아서들 하겠지."

"그럼 우린 어디 가서 술이나 마시면서 놀까?"

강민규는 홀가분한 듯 양팔을 벌려 가볍게 스트레칭을 했다. 1층으로 내려와 복도를 걷던 오재민 소좌는 가볍게 고개를 저었다.

"남조선 특무의 수사 방식을 좀 구경해 볼까 생각 중이야. 중간에 나에게 숨기는 게 뭔지도 듣고 말이야."

"내 솜씨가 계속 보고 싶다면 어쩔 수 없지."

강민규는 아쉬운 척을 했다.

"관리 위원회 빌딩에 갈 건데 걸으면서 얘기하지."

"가서 뭐하게?"

"법인장이 그곳에서 점심을 먹었거든. 죽기 전날 뭘 했는지 알아봐야겠어."

지프 차 주변에 있던 부하들에게 그대로 있으라고 손짓한 오재민 소좌가 짧게 말했다.

"앞장서."

화창한 날씨에 도로를 따라 강민규가 앞장서 걸어가고 오재민 소좌가 뒤따라갔다.

"내가 여기 온 건 원종대 사장의 의뢰 때문이었어."

"어떤 의뢰?"

잠시 고민하던 강민규가 털어놨다.

"공장의 불량률이 지나치게 높았거든. 그래서 원자재나 완성품을 빼돌린 게 아닌가 싶어서 조사를 의뢰한 거야."

"감히 공화국 인민들을 의심하다니."

"그런 반응이 나올까 봐 나한테 조사를 맡겼겠지. 그래서 와서 조사를 해 봤더니 이상한 구석이 한둘이 아니었어."

"뭐가 이상했는데?"

"사람 손에 문제가 있어서 물건이 제대로 안 만들어질 수 있어. 그래도 하다 보면 익숙해지거든. 시간이 지날수록 나아져야 하는데 우리 공장은 3년 내내 비슷했어. 그게 무슨 뜻이겠어? 공화국 인민들의 손재주가 형편없거나 열의가 없다는 뜻일까?"

"우리 공화국에게 자본주의는 낯설어."

"와서 보니까 엄청 적응 잘하던데? 재미있는 건 우리 공장만 그런 게 아니었다는 거지."

"다른 공장도 비슷했다고?"

오재민 소좌의 반문에 강민규는 손을 수평으로 그으면서 대답했다.

"5퍼센트에서 8퍼센트를 물고기처럼 왔다 갔다 하더군. 9퍼센트를 넘기면 이상하다고 여기니까 그 선은 안 넘은 거지."

"보이지 않는 손이 그걸 조정한다고 보는 거야?"

"정확하다는 전제가 필요하긴 하지만 통계는 거짓말을 안 해. 거기다 이 안에 있는 것 중에 개성 공단 밖으로 나가기만 하면 금값이 된다고 들은 거 같은데."

"넘겨짚지 마."

"그럼 아니라고 확실하게 말해 줘. 수사 방향을 바꿀 테니까."

"내 반응 떠보려고 그러는 거 다 알아. 그러니까 계속 얘기해 봐."

상대방이 걸려들지 않았다는 아쉬움을 속으로 달랜 강민규가 계속 말을 이어 갔다.

"내 추리는 간단해. 개성 공단 안에서 조직적으로 물품들이 외부로 나가고 있다는 거야. 적지 않은 사람들이 가담해 있어서 꼬리를 잡기 어려운 상태고 말이야."

"통계는 거짓말을 안 한다고 하지만 상상력은 한 발만 삐끗하면 거짓말이 되지. 지금 한 얘기는 공화국의 명예를 심각하게 훼손시키는 일이야."

"개성 공단 안에서 살인 사건이 일어났다는 게 더 심각한 일 아닌가? 조사해 보면 알겠지."

"그나저나 통계만 가지고 그런 생각을 했을 리는 없고, 누군가가 비슷한 얘기를 들려줬겠군."

"……."

속으로 예리하다고 생각한 강민규는 아무 대답도 하지 않았다. 하지만 오재민 소좌는 뭔가 알 것 같다는 표정을 지었다. 이후 두 사람은 대화를 나누지 않고 길을 걸었다.

관리 위원회 빌딩에 도착한 강민규는 곧장 금강관으로 향했다. 의자를 테이블 위에 올려놓고 바닥을 닦던 키 큰 종업원이 무표정한 얼굴로 돌아봤다.

"아직 영업 전입니다."

"알고 있어. 이번 주 월요일 날 여기에 온 원 실업 법인장 때문에 물어볼 게 있어서 왔는데."

"전 잘 모르고요. 사장님 불러 드릴게요."

대걸레를 구석에 걸쳐 놓은 종업원이 카운터 뒤편에 있는 방으로 들어갔다.

잠시 후, 비쩍 마르고 머리숱이 없는 금강관 사장이 나타났다. 미심쩍은 표정을 지은 그가 두 사람에게 다가왔다.

"무슨 일로 오셨다고요?"

강민규는 종업원에게 했던 얘기를 그대로 들려줬다. 그러자 주인이 얼굴을 찌푸렸다.

"아! 그분이요. 자주 오시긴 했지만 손님이라 말을 붙여 본 적은 없습니다."

"주로 누구랑 이곳에서 만났습니까?"

"아는 사람이겠죠. 이름표를 달고 오는 것도 아니고 제가 어떻게 압니까?"

주인의 퉁명스러운 대답에 강민규는 가게를 슬쩍 살펴봤다.

"가게 분위기나 가격표를 봐서는 그냥 아는 사람이랑 올 만한 곳은 아닌 거 같은데요?"

"보아하니 경찰도 아니고 뭐 하는 분입니까?"

"탐정입니다."

짤막한 강민규의 대답에 주인이 어이없다는 표정을 지었다.

"지금 장난해요? 어서 나가요."

"협조를 거부하면 돌아가서 그대로 얘기할 겁니다."

"뭐라고요?"

"지금 대한민국에서 이 일로 난리 난 거 아시죠? 돌아가서 금강관 주인이 조사를 거부했다고 얘기할 겁니다."

"이봐요. 그게 무슨 말도 안 되는……."

강민규가 주인의 말을 자르고는 금강관 입구에 서 있던 제복 차림의 오재민 소좌를 바라봤다.

"아까 북한 군인이 들어왔을 때 종업원도 놀라지 않았고, 당신도 별로 놀라지 않더군요. 북쪽 사람들이 손님으로 많이 왔나 봐요?"

"말도 안 되는 얘기 하지 마세요."

"거기다 밀실처럼 된 방도 많고, 출입문은 두 개나 있군요. 양념 몇 개 얹어서 확 풀어 버리면 얼굴 못 들고 다니게 만들어 드릴 수 있습니다."

"알았어요. 그날 낮에 원 실업 법인장님이 왔다 가신 건 맞습니다."

"어느 방에서 식사를 했습니까?"

"저쪽 3번 방입니다."

강민규는 앞장선 주인을 따라 3번 방을 살펴봤다. 여섯 명 정도가 들어갈 작은 방은 커튼이 쳐져 있어서 밖에서는 안쪽을 볼 수 없었다. 깨끗하게 정돈된 방을 살펴본 강민규는 주인에게 물었다.

"여기서 누구랑 점심을 먹었습니까?"

"모른다고 했잖아요. 점심시간에 사람이 얼마나 많이 오는지 알아요?"

"점심시간이니까 기억할 수 있겠죠. 점심에 이런 방에서 밥 먹는 사람이 몇이나 되겠어요? 그리고 여긴 카운터에서 잘 보이는 곳일 텐데요."

"난 모른다고요."

"여긴 개성 공단에서 딱 하나 있는 고급 식당입니다. 오는 사람만 올 거고, 기억을 못 한다는 건 말도 안 되죠. 제가 사장님이랑 왔을 때도 아주 잘 기억하시던데요."

궁지에 몰린 주인은 먼발치에 서 있는 오재민 소좌를 힐끔 보고는 한숨을 쉬었다.

"손님들이랑 같이 왔습니다."

"어떤 손님들이요?"

"북쪽 사람들이요. 양복을 빼입긴 했지만 걔들 얼굴은 죄다 까무잡잡해서 구분이 됩니다."

"몇 명이었습니까?"

"두 명이요. 그리고 법인장님까지 세 명이 저 방에서 점심을 먹었습니다."

"그 두 명은 자주 오던 사람들인가요, 아니면 처음 본 사람인가요?"

"한 명은 자주 봤던 사람이고 나머지 한 명은 처음 본 사람입니다. 제가 아는 건 그거밖에 없습니다. 그러니까 제발 봐주세요. 제가 빨갱이라면 이를 가는 사람인데 치킨집 두 번이나 말아먹었습니다! 네?"

"이 정도면 재기에 성공하셨네요."

"제 가게가 아니라 매니저로 고용된 겁니다. 말씽이 나면 여기서 쫓겨나요."

밑바닥까지 떨어져 본 사람만이 만들어 낼 수 있는 비굴한 모습을 본 강민규는 착잡함을 느꼈다. 일단 더 얻을 수 있는 정보가 없다고 판단한 강민규는 알겠다는 말을 남기고 돌아섰다.

금강관을 나온 강민규가 엘리베이터 앞에 서자 뒤따라온 오재민 소좌가 입을 열었다.

"알아낸 건?"

"북쪽 사람들이랑 만나서 비싼 점심을 먹었나 봐."

"고작 그걸 알아내려고 불쌍한 주인을 협박한 거야?"

"협박은, 그냥 좋게 얘기했어."

"남조선에서는 인권을 최우선으로 생각한다더니 그것도 아닌가 보군."

"그래서 남북은 하나라고 하나 봐."

"공화국 사람이랑 점심 먹었다는 걸 확인하느라 귀중한 시간을 날렸는데 너무 태연하군."

"여기가 개성 공단이라는 거 잊었어?"

"여기서 일하는 공화국 사람만 해도 5만이 넘어."

"그중에서 평일 점심에 금강관에서 남조선 사람이랑 태연하게 어울려서 식사를 할 수 있는 사람이 몇이나 있겠어? 장담하지만 50명도 안 될걸? 그들이 총국 소속이라고 굳이 얘기할 필요도 없잖아."

"그들을 일일이 조사하려면 하루 반나절 가지고는 어림도 없을걸? 거기다 조사할 방법도 없잖아."

"적어도 한 가지는 확실해졌어."

"뭐가?"

"유순태가 북측과 긴밀하게 협조 중이었다는 거."

"그게 개성 공단의 물품이 공화국으로 흘러 들어간다는 증거는 아니잖아. 어설프게 엮지 말라고."

"어설픈지 아닌지는 지켜보면 알겠지."

"이제 어디로 갈 거야?"

"병원."

"거긴 왜?"

"유순태 방에 있던 약봉지에 남북협력 병원이라고 적혀 있었어."

* * *

개성 공단에 있는 남북협력 병원은 공업 2지구와 시범 단지를 이어 주는 도로 옆에 자리 잡고 있었다. 한반도기가 펄럭거리는 병원은 오전이라 그런지 한가했다. 앰뷸런스가 세워진 주차장을 지나 병원 안에 들어선 강민규와 오재민 소좌는 원무과 창구에 갔다. 강민규가 유순태 법인장의 담당 의사를 만나러 왔다고 하자, 원무과 직원은 손가락으로 복도 끝에 있는 방을 가리켰다.

"남측 외래환자는 모두 부원장님이 맡으십니다."

복도를 걷던 강민규는 병원이 남쪽과 북쪽에 각각 출입문이 따로 있는 것을 보고 피식 웃었다. 노크를 하고 안으로 들어가자 의자에 앉아서 차트를 들여다보던 부원장이 보였다. 입고 있는 가운에 변수민이라는 이름이 보였다. 키가 크고 깡마른 의사는 뿔테 안경을 쓴 전형적인 의사였다. 회사 점퍼 차림의 강민규와 호위총국 제복을 입은 오재민 소좌를 번갈아 바라보던 부원장이 눈을 껌뻑거렸다. 의자에 냉큼 앉은 강민규가 입을 열었다.

"아파서 온 건 아닙니다."

"그래 보이는군요. 잠깐 제 눈이 어떻게 됐나 싶어서 그랬습니다.”

“여기서 만난 제 친구입니다.”

강민규가 장난스럽게 소개하자 오재민 소좌도 웃으면서 고개를 끄덕거렸다.

“저는 원 실업에서 일하는 강민규 과장이고, 저쪽은 호위총국의 오재민 소좌입니다.”

“이곳에서 일한 지 2년이 넘었는데 남북한 사람들이 이렇게 다정하게 들어오는 건 처음 봤습니다.”

“오월동주라고 봐주시면 감사하겠습니다.”

“그렇게 생각하지요. 무슨 일로 오셨습니까?”

“진료를 받은 환자 중에 원 실업 유순태 법인장이 있었습니까?”

“잘 알지요. 그분 시신을 수습한 것도 우리 병원이었습니다.”

“그분 방에서 이 병원 약봉지가 발견됐습니다. 그래서 찾아온 겁니다.”

“조사 중이신 겁니까?”

“비공식적입니다.”

강민규의 대답을 들은 변수민 부원장은 안경을 벗은 채 잠시 생각에 잠겼다. 그러고는 도로 안경을 쓰면서 말했다.

“그럼 제 대답도 비공식적이라는 걸 전제로 하겠습니다.”

"좋습니다."

"밖으로 나가서 얘기하죠."

서랍에서 담배를 챙긴 변수민 부원장이 일어났다. 문을 열고 밖으로 나온 그는 곧장 병원 밖으로 나갔다. 강민규와 오재민 소좌는 말없이 뒤를 따랐다. 변수민 부원장은 주차장 구석에 서서 2층 병원을 바라보면서 담배를 물었다. 오재민 소좌가 라이터로 불을 붙여 줬다. 부원장이 담배를 건네자 가볍게 고개를 숙인 오재민 소좌가 한 개비를 끼웠디. 팔을 점퍼 주머니에 찔러 넣은 상민규는 담배 연기를 뿜는 변수민 부원장에게 물었다.

"개성 공단에 이런 병원이 있을 줄은 몰랐습니다."

"아직도 부족하긴 하지만 시작할 때 비하면 격세지감이죠. 개성 공단은 상주인구가 5만 명이 넘는 도시라, 각종 질병과 사고가 발생할 수밖에 없습니다. 문제는 개성 시내에 있는 북한 병원은 거리가 너무 멀다는 점이죠."

오재민 소좌가 수긍하는 표정으로 고개를 끄덕거리자 변수민 부원장의 얘기가 이어졌다.

"거기다 대한민국 환자들을 개성 시내의 북한 병원에서 진료하는 것은 여러 가지 문제점을 발생시킬 수 있습니다. 그래서 제가 속한 비영리 법인을 통해서 개성 공단 내에 병원을 설립한 것이죠. 이곳에서는 남북한의 의사와 간호사들이 모여서 환자들을 진료합니다."

"진정한 남북 협력이네요."

듣고 있던 강민규의 말에 그가 쓴웃음을 지었다.

"보시면 출입문이 남쪽과 북쪽 두 군데로 나뉘어 있습니다."

"아까 봤습니다."

"왜 그런지 아시겠죠? 원래는 중간에 유리문도 있었습니다만 너무 불편해서 없애 버렸죠."

"여기에는 남북이 없군요."

"병원에서는 오직 환자만 있을 뿐이죠."

"유순태 법인장이 이곳에 환자로 왔습니까?"

"그렇습니다."

"어떤 증상이었습니까?"

"개성 증후군이라는 얘기 들어 보셨습니까?"

강민규가 대답 대신 고개를 끄덕거리자 변수민 부원장이 어깨를 으쓱거렸다.

"혈압 상승과 수면 장애를 비롯한 다양한 불안 증상과 분노 조절 장애를 동반하는 아주 재미있는 병이죠."

"여기에서만 겪는 병이라고 들었습니다."

"낯선 곳이니까요. 거기다 외부와의 연락이 원활하지 않으면서 스트레스를 풀 수 있는 방법이 없게 된 것이죠."

"유순태 법인장도 개성 증후군을 앓았습니까?"

"이곳에 있는 대한민국 사람은 모두 개성 증후군을 앓고 있습니다."

"굉장히 오래 근무했는데도 말입니까?"

"사람마다 다르지만 잘 견딘다는 게 병을 앓지 않는다는 건 아니니까요. 환자 정보는 공개할 수 없으니까 그냥 혈압이 상당히 높았다는 정도만 말씀드리겠습니다. 대부분은 혈압 때문에 병원을 찾아옵니다."

"그럼 여기서 혈압약을 처방합니까?"

"많이는 처방하지 못합니다. 그래서 집으로 돌아갔을 때 한 달 치 정도를 미리 받아 오라고 얘기하죠."

"그럼 여기서 처방받은 건 혈압약이 아닌 모양이군요."

"아마 수면제일 겁니다. 불안 증세로 인해서 잠을 못 자는 경우가 굉장히 많습니다."

"법인장님도 그것 때문에 수면제를 처방받으신 겁니까?"

"이곳에서는 일이 끝나면 할 게 없습니다. 밥 먹고 나서 방에 들어가서 TV나 보는 게 전부죠. 그런 날이 계속되면 잠이 오지 않고 가슴만 두근거릴 때가 많습니다. 법인장님도 비슷한 증상을 앓으셨죠."

"진료를 하시면서 이상한 점은 없었습니까?"

강민규의 물음에 변수민 부원장은 씩 웃으면서 담배를 비벼 껐다.

"여기 온 환자들은 전부 이상합니다. 그리고 환자들이 몰리는 시간이면 깊게 얘기를 나눌 틈도 없고 말입니다."

"불안 증세 같은 걸 털어놓은 적은요?"

"최근에 찾아오는 빈도수가 좀 늘어나긴 했습니다. 혈압도 계속 높아지는 중이었고요."

"이곳에서 오랫동안 근무했던 게 원인이었을까요?"

변수민 부원장은 고개를 갸웃거렸다.

"오랫동안 근무하게 되면 나름대로 해결책을 찾습니다. 우리 병원에서는 주로 운동을 권유합니다. 지쳐서 잠이 드는 것도 방법이니까요. 그리고 믿음이 깊어지는 경우도 있습니다. 아니면 술이나 담배로 푸는 경우도 많습니다. 여긴 면세라서 싸거든요."

"그러니까 무슨 일인지는 모르겠지만 유순태 법인장은 최근 불안 증세가 심해졌다 이 말이군요."

"그런 현상이 보인 건 사실입니다."

"왜 그런 거 같습니까?"

"개성 증후군의 원인은 바로 개성 공단입니다. 낯설고 불안한 환경에서 지내면서 심리적인 불안감에 시달리고 그걸 풀 수 있는 방법이 없기 때문에, 증상이 반복해서 나타납니다. 오래 지냈다고 잘 견딜 수 있는 건 아닙니다. 오히려 잘 참다가 한계선을 넘어서 찾아오기도 하죠."

뭔가 더 물어보려고 하던 강민규는 요란한 사이렌 소리에 고개를 돌렸다. 주차장 구석에 세워져 있던 앰뷸런스가 급하게 출발하는 게 보였다. 그걸 본 변수민 부원장이 말했다.

"환자가 생긴 모양이군요. 이만 들어가 보겠습니다."

변수민 부원장이 병원 안으로 들어가는 모습을 물끄러미 지켜보던 강민규에게 오재민 소좌가 다가왔다.

"이번에도 별다른 성과가 없군."

"무슨 일로 불안 증세가 심각해졌을까?"

그의 물음에 오재민 소좌가 고개를 갸웃거렸다.

"무슨 뜻인지는 대충 알겠어. 유순태 법인장이 공화국 일꾼과 손잡고 어떤 범죄를 저질렀고, 그 때문에 심리적인 불안감이 커졌다고 추측하고 싶은 거잖아."

"예리하군."

"그 추리에는 두 가지 허점이 있어. 첫 번째는 유순태 법인장이 범죄에 가담할 이유가 없다는 거지. 개성 공단에서 오랫동안 일한 노하우를 인정받은 사람이 자기 손으로 그 경력을 망칠 일을 하겠어?"

"하긴."

"또 하나는 그걸로 얻을 이득이 없다는 거지. 설사 물건을 개성 공단 밖으로 반출하는 데 협조를 했다고 해도 만족할 만한 대가를 받을 수 있겠어? 암시장에서 거래되는 물건들의 가격은 남조선 입장에서는 푼돈이나 다름없는데 말이야."

"그렇게 솔직하게 얘기해도 안 잡혀가?"

강민규가 놀란 눈으로 바라보자 오재민 소좌가 피식 웃었다.

"어차피 다 알고 있는 얘기잖아. 다음은 어디로 갈 거야?"

"회사 근처 편의점! 거기 쿠폰을 유순태 법인장의 방에서 봤거든."

마지막 담배를 깊이 빨아들인 오재민 소좌가 대답했다.

"돌아보고 회사로 밥 먹으러 가면 되겠군."

* * *

회사 근처의 CU 편의점에 들어서자 카운터에 있던 북한 아르바이트생이 인사를 했다.

"어서 오십시오."

다행히 지난번에 유순태 법인장과 마주쳤을 때 자리를 지키고 있던 아르바이트생이었다. 초콜릿과 음료수를 몇 개 골라서 카운터에 내려놓은 그는 계산을 하려는 아르바이트를 바라봤다. 입고 있는 조끼 오른쪽 가슴에는 이광훈이라는 이름이 적힌 명찰이 달려 있었다. 자신보다 나이가 어려 보여서 일단 밀어붙여 보기로 했다. 포스기를 들여다본 이광훈이 잔돈 대신 돌려줄 쿠폰을 세는 것을 지켜보던 강민규가 넌지시 말했다.

"잔돈 안 줘도 돼."

"네?"

"팁이야. 궁금한 걸 몇 가지 알려 주면 팁을 더 줄 수도 있지."

강민규가 지갑에서 달러 몇 장을 더 꺼내서 보여 주면서 매장 안을 둘러보고 있는 오재민 소좌를 바라봤다.

"대신 이상한 소리를 하면 저 친구가 질문을 할 거야."

마른침을 삼킨 이광훈이 물었다.

"그런데 왜 남조선분이랑 공화국 호위총국 소좌님이랑 같이 다니시는 겁니까?"

"그만큼 중대한 일이라는 뜻이지. 내가 입고 있는 점퍼 기억나?"

"그럼요. 뒤쪽에 있는 공장 거잖아요."

"지난번에 내가 왔을 때 나랑 스친 사람 기억나? 짧은 새치 머리에 얼굴은 좀 길고 까무잡잡한 편이야."

"법인장님 말씀이시죠? 돌아가셨다고 들었는데요."

"맞아. 자주 오는 편이었어?"

"이틀이나 사흘에 한 번씩 오셨습니다."

"와서 뭘 샀는지 기억나?"

"보통은 값이 싸다면서 담배랑 술을 많이 사요. 그런데 그분은 담배는 안 사셨고 주로 초콜릿을 사셨죠."

"다른 이상한 점은?"

"와서 물건 사는 사람한테 이상한 게 있을 리가 있겠습니까?"

이광훈의 반문에 강민규는 가볍게 고개를 끄덕거렸다. 계산해 주는 아르바이트와 얘기를 주고받는 손님은 없었다. 하물며 북한 출신의 아르바이트라면 섣불리 말을 붙이기도 어려웠다. 대화가 끊어질 기미를 보이자 오재민 소좌가 먼저 나가겠다는 손짓을 하고는 밖으로 나갔다. 강민규는 오재민 소좌가 완전히 나간 것을 확인하고, 지갑에서 1달러짜리 다섯 장을 꺼냈다.

"기억나는 거 아무거나 얘기해 주면 이걸 줄게."

"어! 올 때마다 같은 초콜릿만 드셨습니다. 저쪽에 있는 거요."

강민규는 그가 가리킨 진열대로 향했다. 초코바들이 쭉 늘어서 있는 진열대를 살피던 그는 가만히 눈을 감고 예전에 유순태와 마주쳤을 때, 그리고 살해 현장인 그의 방을 둘러봤을 때를 떠올렸다. 전혀 연관이 없어 보이는 기억들이 모여서 그림이 그려졌다.

복잡해진 머릿속을 달래기 위해 진열대에 놓인 초코바들을 살펴보던 그는 거기에 남겨진 희미한 흔적을 발견했다. 이게 무슨 뜻인지 생각해 보던 강민규는 이곳에서 초코바를 구입했던 또 한 명을 떠올렸다. 우연의 일치인지 아니면 뭔가 있는지는 모르겠지만 확실한 연결점을 찾아낸 것이다.

문제의 초코바를 챙겨서 밖으로 나온 강민규는 오재민 소좌와 함께 공장으로 돌아갔다.

* * *

공장 현관에는 직장장 황철진이 호위총국 요원들과 함께 그들을 기다리고 있었다. 그걸 본 강민규가 오재민 소좌의 팔을 툭 쳤다.

"협박이 효과를 본 모양이네?"

초췌한 표정의 직장장 황철진은 두 사람이 다가오자 입을 열었다.

"긴히 드릴 말씀이 있습니다."

심문은 주인을 잃은 법인장의 사무실에서 이뤄졌다. 황철진은 자리에 앉자마자 오재민 소좌를 향해 입을 열었다.

"지난주에 법인장과 공혁수 조장이 심하게 다퉜습니다."

"왜?"

"잘 모르겠습니다. 둘이 다툰다는 얘기를 듣고 제가 갔을 때는 이미 다툼이 끝난 상태였습니다."

"그 정도 얘기로는 자리를 지키기 어렵겠는걸."

"법인장이 꼬리를 자른 거 같습니다."

"뭐라고?"

"이 공장 법인장은 오랫동안 일해서 연줄이 많습니다. 마음만 먹으면 공장 직원 바꾸는 건 일도 아닙니다. 그런데 법인장이 유독 조장한테는 제대로 대꾸를 못 하는 눈치였습니다. 그러다가 결국 두 사람이 다투게 된 거죠. 제가 가니까 자리를 떴는데 거기다 대고 공혁수 조장이 배신이라고 소리쳤습니다."

배신이라는 단어를 들은 강민규와 오재민 소좌는 서로의 얼굴을 쳐다봤다. 강민규가 가벼운 한숨과 함께 중얼거렸다.

"그림 죽이네. 명작이 그려질 거 같아."

오재민 소좌가 직장장 황철진을 내보내고는 한동안 입을 다물었다. 그 옆에 앉아 있던 강민규는 다리를 꼬았다.

"내가 살인범으로 체포된 이유가 전날 싸웠다는 거였지? 그런데 나 말고도 싸운 사람이 또 있었네? 몰랐던 거야? 모른 척했던 거야?"

"처음에 조사했을 때는 아무도 얘기하지 않았어. 다들 입을 다물면 우리도 방법이 없어."

"여기서 쫓겨나면 엄청 손해라고 들었는데."

강민규는 개성 공단 출입구에서 검문에 잡혀서 발버둥을 치던 여인을 떠올렸다.

"낮 전등이라는 얘기 들어 봤어?"

"아니."

"지도자 동지의 지시로 개성 공단에는 한 가구당 한 명씩만 일할 수 있어. 그래서 여자가 일하게 되면 남자들은 집이나 지켜야 하는 신세로 전락하지."

"맞벌이하는 거 아니었어?"

"일단 한 명이 개성 공단에서 일하면 나머지는 집에 무조건 남아 있어야 해."

"왜?"

잠시 주저하던 오재민 소좌가 대답했다.

"개성 공단에서 일하는 집만 노리는 도둑이 많거든. 다른 집 안보다 가져갈 게 많으니까. 그렇게 남자들이 집에 남게 되면 아침에 출근하는 부인 밥도 해 주고, 애도 돌봐 줘야 해. 노력 동원도 나가야 하고."

"그래서 낮 전등이라고 하는군."

"만 원짜리 열쇠라고도 불러."

"그런데 사회주의 천국에서 도둑이 웬 말이야?"

"사람 사는 데는 다 똑같아. 너희도 우리보다 잘 산다고 하지만 굶어 죽은 작가도 있었잖아."

"이거 남조선에 너무 관심이 많은 거 아냐?"

"그나저나 살인범을 잡지 않으면 안 내려가겠다고 비장하게 얘기할 때는 언제고, 틈만 나면 농담 따먹기를 하시나?"

"내가 일하는 스타일이야. 나에 대해서 조사했으면서 그것도 몰랐어?"

강민규의 깐죽거림에 오재민 소좌가 고개를 절레절레 흔들었다.

"내 부하였다면 당장 교화소로 보냈을 거야."

의자에서 일어난 오재민 소좌가 법인장실 밖으로 나갔다.

"어디 가는데?"

"왜 싸웠는지 확인해야지!"

강민규는 서둘러 뒤따라갔다. 2층으로 올라간 오재민 소좌가 재단 라인에서 일하고 있던 공혁수 앞에 섰다. 기계를 다루고 있던 공혁수는 눈앞에 선 오재민 소좌를 보고 긴장했는지 두 손을 불안하게 움직였다. 단순한 불안감이 아니라는 걸 간파한 강민규가 오재민 소좌를 힐끔 바라봤다. 두 사람이 다가오자 공혁수가 떨리는 목소리로 물었다.

"어쩐 일이십니까?"

"따라오시오."

"일을 해야 합니다. 소좌 동지."

공혁수의 말에 오재민 소좌가 가소롭다는 표정을 지었다.

"그럼 여기서 묻지. 남측 법인장과는 무슨 일로 다퉜소?"

그의 말이 떨어지기가 무섭게 공혁수는 주변을 돌아봤다. 주변의 동료들은 하나같이 그와 눈이 마주치지 않으려고 고개를 돌리거나 딴청을 피웠다. 마른침을 삼킨 공혁수가 대답했다.

"공화국을 부정하는 언사를 해서 순간적으로 참지 못하고 그만……."

"그렇다면 왜 그때 바로 직장장이나 총무에게 보고하지 않았고, 내가 조사했을 때에도 보고하지 않았소?"

"그, 그건……."

"죽은 법인장은 이곳에서 오랫동안 일해서 당신 하나쯤 다른 공장으로 보내거나 쫓아내는 건 일도 아니었지. 그런데도 말다툼을 벌였고, 그것도 모자라서 큰소리를 쳤다고?"

오재민 소좌의 추궁에 공혁수는 마른침을 삼키면서 눈을 껌뻑거렸다.

"그, 그런 적 없습니다."

"조사를 해 보면 알겠지. 장담하는데 이제부터는 모든 걸 터놓고 솔직하게 얘기하는 게 좋을 거야."

"말다툼했던 것을 보고하지 않은 것은 사실입니다만, 저는 그날 밤에 동료들과 함께 있었습니다."

공혁수의 얘기를 들은 오재민 소좌가 같은 조원들을 쏘아봤다. 하나같이 시선을 회피하는 중이었다.

"말다툼한 걸 숨긴 걸 보니까 입을 맞춘 것 같은데?"

"아닙니다. 야근하는 내내 같이 움직였습니다."

공혁수가 반발하자 오재민 소좌는 옆에서 일하고 있던 북한 근로자를 바라봤다. 어제 공혁수와 함께 있었다고 증언했던 그는 오재민 소좌의 따가운 시선을 버거워했다. 북한 근로자가 힘겹게 말했다.

"사, 사실은 저녁 먹고 나서 바람을 쐰다고 잠깐 자리를 비운 적이 있었습니다."

"시간은?"

"8시 반에서 9시 사이였습니다."

그 말이 끝나기가 무섭게 공혁수가 몸을 돌려서 도망쳤다.

예상 밖의 행동에 놀란 강민규와 오재민 소좌는 거의 동시에 뒤를 쫓았다. 번개 같은 몸놀림으로 계단을 내려간 그는 현관으로 이어지는 복도로 뛰어갔다.

"꺅!"

사무실에서 서류를 들고나오던 백영희는 달려오는 공혁수를 보고는 비명을 지르며 벽으로 붙었다.

현관 밖으로 나간 공혁수는 쏜살같이 거리로 달려갔다. 구석에 모여서 담배를 피우고 있던 호위총국 요원들이 화들짝 놀라는 게 보였다. 허겁지겁 뒤따라 나온 두 사람이 뒤를 따라붙었다. 하지만 개성 공단의 지리에 익숙한 공혁수는 그들의 손길에서 멀어졌다. 설상가상으로 회사 점퍼를 입은 행인들이 너무 많아서 구분하기가 어려웠다.

헐레벌떡 공혁수를 쫓던 두 사람의 뒤로 호위총국 요원들이 뒤따라왔다. 그들을 뒤돌아본 오재민 소좌가 화를 냈다.

"멍청아! 차를 가져와야지!"

강민규는 행인들 사이를 다람쥐처럼 지나쳐서 달리는 공혁수의 뒤를 쫓았다. 하지만 관리 위원회 빌딩 쪽을 지나 시범 공단 쪽으로 달아날 때까지 거리를 좁히지 못했다. 교차로 신호등 근처에서 간간이 보이던 교통 안전원도 오늘따라 코빼기도 보이지 않았다.

추격전은 시범 공단으로 이어졌다. 개성 공단 초창기의 공장들이 세워진 시범 공단은 다른 곳보다 도로가 좁고 공장들도 작아서 상대적으로 오가는 행인도 적었다. 덕분에 달리기가 빨라진 강민규는 거리를 좀 더 좁힐 수 있었다. 제복에 구두를 신은 오재민보다 강민규가 조금 더 앞서 나갔다. 공장 간 좁은 틈바구니를 지나면서 더욱 거리를 더 좁혔다.

인도로 나온 공혁수는 숨을 헐떡거리면서 돌아봤다. 오재민 소좌와 제법 거리가 떨어진 것을 본 그가 강민규에게 외쳤다.

"정말 억울합니다. 과장 동무."

"그러면 말로 하면서 풀어야지, 다짜고짜 도망치면 어떡해요?"

"난 시키는 대로 한 거밖에는 없습니다."

"시키는 대로……."

공혁수의 말투가 이상해진 것을 느낀 강민규는 눈을 번쩍 떴다. 예전에 이런 느낌으로 억울함을 토로한 병사가 그다음에 무엇을 했는지 기억났기 때문이다. 공혁수가 천천히 차도로 뒷걸음질을 쳤다.

"위험해!"

강민규의 말이 끝나기가 무섭게 빠른 속도로 지나가던 셔틀버스가 차도로 뒷걸음질 친 공혁수를 들이받았다. 끔찍한 소리와 함께 길바닥으로 튕겨 나간 공혁수는 허리가 뒤로 꺾인 채 널브러졌다.

한걸음에 달려가서 상태를 살펴본 강민규는 고개를 저었다. 늑골이 몇 군데 부러지고 다리도 부러져서 뼈가 튀어나온 상태였다. 부러진 늑골이 폐를 찔렀는지 탁한 피가 입에서 계속 흘러나오는 중이었다. 급정거한 버스에서 내린 운전수에게 오재민 소좌

167

가 다가갔다. 그 모습을 곁눈질로 지켜본 강민규는 의식을 잃어 가는 공혁수를 흔들었다.

"이봐! 정신 차려!"

실눈을 뜬 공혁수가 그의 귀에 대고 뭔가를 속삭였다. 바로 그 순간, 오재민 소좌가 달려와 강민규를 밀쳐 버렸다.

"이 자식! 도망을 쳐?"

그리고 공혁수의 멱살을 잡고 흔들어 댔다. 강민규가 그런 오재민 소좌를 뜯어말렸다.

"심하게 다쳤어!"

"그래서?"

차갑게 쏘아붙인 오재민 주변으로 부하들이 몰려왔다. 잠시 후, 요란한 브레이크 소리와 함께 검은색 지프가 멈췄다. 호위총국 요원들이 의식을 잃은 공혁수를 뒷좌석으로 옮겼다. 조수석에 올라탄 오재민 소좌가 핸들을 잡고 있는 부하에게 말하는 게 들렸다.

"개성 인민 병원으로 가!"

그 얘기를 들은 강민규가 황급히 만류했다.

"상태가 위중한데 거기까지 언제 가려고? 여기 안에도 병원이 있잖아."

강민규의 손길을 뿌리친 오재민 소좌가 차갑게 말했다.

"이제 너랑 놀아 주는 것도 끝났으니까 얌전하게 구는 게 좋을 거야."

공혁수를 실은 자동차가 그대로 출발하고 호위총국 요원들도 자리를 뜨자, 강민규는 홀로 남겨졌다. 허탈함과 혼란만이 곁에 남겨졌다. 지나가던 행인들이 도로에 뿌려진 뜨거운 피를 보고 웅성거렸다. 강민규는 공혁수가 마지막으로 남긴 말을 곱씹으면서 공장으로 발길을 돌렸다.

* * *

공장은 당연히 어수선했다. 북측 근로자들은 일손을 놓은 채삼삼오오 모여서 얘기를 나누는 중이었다. 그런 상황에서 강민규가 들어서자 다들 겁에 질린 표정으로 흩어져 버렸다. 한쪽 손으로 지끈거리는 관자놀이를 꾹 누른 채 사무실로 들어서자 누군가 고개를 돌리는 게 보였다. 개성 공단 관리 위원회 이우선 과장이었다. 이성원 부장과 얘기를 나누던 그는 사무실 안으로 들어선 강민규에게 다가와서는 다짜고짜 삿대질을 했다.

"이제 어떻게 할 거야? 이거 어떻게 책임질 거냐고!"

"내가 무슨 책임을 져야 한다고 그럽니까?"

"내려가라고 했을 때 그냥 내려갔으면 이 난리가 안 났잖아!"

"당신 같으면 그냥 빈손으로 내려가서 경찰 조사를 받고 싶겠어? 죄도 없이 살인범으로 잡혔는데 도와주지도 않았으면서!"

감정이 격해진 강민규가 맞받아치자 분위기는 순식간에 험악해졌다. 그러자 이 부장과 홍 과장이 나서서 뜯어말렸다. 홍 과장이 이우선 과장을 데리고 밖으로 나가자 이 부장이 강민규를 진정시켰다.

따르릉.

그때 날카로운 전화벨 소리가 들렸다. 조용히 앉아 있던 백영희가 잽싸게 전화기를 십어 늘고는 낮은 목소리로 통화를 하더니 강민규를 바라봤다.

"사장님이세요."

수화기를 넘겨받자마자 격분한 원종대 사장의 목소리가 터져나왔다.

– 야! 이 미친놈아! 내가 일을 해결하라고 그랬지, 이따위로 만들라고 그랬어?

"저도 예상했던 닐이 아니었습니다."

– 너 때문에 여긴 난리가 났어. 국정원부터 경찰까지 다 찾아왔단 말이야.

"외삼촌만 망한 게 아니라 나도 망했어요! 그러니까 왜 싫다는 사람을 끌어들인 겁니까?"

– 뭐야?

"그리고 내가 발 뺀다고 했을 때 뭐라고 했어요. 돈 토해 내라고 하면서 여기로 등 떠민 사람이 누군데요!"

- 그래서! 내가 가서 사람을 죽이라고 그랬냐?

"제가 죽인 거 아닙니다!"

- 날 죽인 거나 다름없잖아. 공장이라고는 거기밖에 없는데 이제 난 어떡해!

"그렇게 걱정이 됐으면 진작 올라와서 수습하시지 그러셨습니까?"

- 오냐! 내가 내일 당장 올라가서 네놈을 박살 내고 말 거야.

"맘대로 하세요!"

화가 머리끝까지 난 강민규는 수화기를 거칠게 내려놨다. 백영희가 겁먹은 표정으로 바라봤다가 얼른 시선을 돌렸다.

깊은 한숨을 내쉰 강민규는 사무실을 나와 3층의 남측 숙소로 향했다. 아직 대낮이라 아무도 없었다. 문을 열고 들어선 그는 자신의 방으로 들어가서는 침대에 걸터앉았다.

이틀 동안 공장 직원들을 비롯한 사람들을 만나 봤지만 일은 더 복잡해졌다. 거기다 돌아가는 분위기도 심상치 않았다. 남은 하루 동안 살인범을 밝혀내야 하지만 깜깜했다. 오재민 소좌가 떠난 걸 보니 북측에서는 공혁수에게 죄를 뒤집어씌우고 끝낼 것으로 보였다. 살인범이라는 누명은 벗었지만 어쨌든 그가 원하던 결말은 아니었다.

침대에 걸터앉은 채 고민에 빠져 있던 그는 주머니에 넣어 뒀던 초코바를 꺼내서 만지작거렸다. 거기에 남겨 있던 흔적을 살펴보던 강민규는 희미하게 들려오는 전화벨 소리를 들었다.

소리를 찾아서 밖으로 나간 강민규는 거실 겸 식당에 있는 전화기에서 울리는 벨 소리와 맞닥뜨렸다. 있는지도 몰랐던 전화기라 잠시 당황했던 그는 수화기를 집어 들었다.

– 강 과장님?

"영희 씨?"

– 길게 통화할 시간 없어요. 공혁수 반장은 어떻게 됐나요?

"도망치다가 차에 치였어."

– 상태는요?

"심각해. 공단 안에 있는 병원으로 옮겼어야 했는데 오재민 소좌가 개성 시내에 있는 병원으로 가야 한다고 고집을 부려서……."

– 개성 인민 병원 말이군요. 거긴 말이 병원이지, 공단에 있는 병원 발끝에도 못 미쳐요.

"살려 둘 생각이 있는 거 같지는 않아."

한동안 침묵을 지키던 전화기 너머의 백영희가 말했다.

– 반장님은 법인장님을 죽이지 않았어요.

"공 반장이 법인장이랑 다툰 건 사실이니까. 거기다가 갑자기 도망까지 쳐 버렸잖아."

- 강 과장님도 공 반장님이 범인이라고 생각하시나요?

"나도 의심이 들긴 하지만 그렇게 결론이 날 거 같아. 몇 가지 거짓말을 한 것도 있고 말이야."

- 두 사람은 서로에게 의지하던 사이였어요. 그런데 어떻게 살인을 저지를 수 있겠어요.

둘이 의지하던 사이라니, 강민규는 백영희가 무슨 말을 할지 짐작되지 않았다.

"군 수사관 시절에 서로 믿고 의지하던 전우들이 서로 총질하던 걸 너무 많이 봐서 말이야."

강민규는 우선 백영희의 말을 부정하고 다음 말을 기다렸다.

- 드릴 말이 있어요. 30분 후에 공장 옥상으로 올라오세요. 한쪽 끝에 자재 창고로 쓰던 천막이 있는데 거기 뒤에서 봐요.

"그러지."

전화가 끊기고 신호음이 들리자 강민규는 조심스럽게 수화기를 내려놨다.

그녀가 그렇게 자신 있고 절박하게 공혁수의 무죄를 주장한 이유는 무엇일까? 어쨌든 이 공장에서 일하는 근로자들은 그로 인해서 평온한 일상으로 돌아갈 수 있게 됐는데 말이다.

남과 북이 만나서 함께 일한다는, 낯설면서도 독특한 공간에서 벌어져서는 안 되는 죽음이 일어났다. 다들 범인을 잡으려는 것보다는 자신에게 불똥이 튀지 않기만을 바랐다. 그 속에서 죽음은 잊히고 버려졌다. 자신조차 누명을 벗기 위해서 노력했을 뿐이었다.

개성 공단에서의 죽음은 낯설고 외로워져서 금방 잊히는 것 같았다. 아니면 다들 잊어버리려고 노력하는 것인지도 몰랐다. 그런데 갑자기 백영희가 공혁수의 무죄를 주상했다.

상념에 잠겨 있던 그는 방으로 돌아가서 초코바를 바라봤다. 남겨진 흔적은 누군가가 누군가에게 보내는 신호였다. 문제는 그게 누구인지였다. 진실들이 모습을 감춘 채 숨어 있었다.

고민에 빠져 있던 강민규는 약속한 시간이 다가오자 침대에서 일어났다. 그리고 서랍에서 UV 램프를 챙겨서 숙소 밖으로 나왔다. 다들 일을 하고 있는지 복도에는 아무도 없었다. 복도 중간에 있는 계단을 통해 옥상으로 올라간 강민규는 눈 앞에 펼쳐진 푸른 하늘에 잠시 정신이 팔렸다가 구석에 있는 천막으로 향했다.

쇠파이프로 뼈대를 세우고 천을 씌운 가건물 형태의 천막 뒤쪽으로는 아래로 연결된 화물 엘리베이터 같은 게 있었다. 쇠사슬과 도르래가 모두 녹이 슨 것으로 봐서는 아주 오랫동안 사용하지 않은 듯했다.

"예전에 쓰던 거예요."

뒤에서 들리는 백영희의 목소리에 강민규는 고개를 돌렸다.

"여기에 완성품들을 모아 놨다가 엘리베이터를 이용해서 아래로 내렸어요. 그러다가 창고를 지으면서 안 쓰게 된 거죠."

"그나저나 이런 데 우리 둘이 있는 걸 알면 곤란해지지 않아? 연애하는 거로 비칠 수도 있잖아."

강민규의 물음에 백영희는 주머니에서 열쇠 꾸러미를 꺼내서 가볍게 흔들었다.

"잠그고 올라왔으니까 괜찮아요."

"아쉽군!"

강민규는 장난스러운 미소를 지었다.

"이 사건에 대해서 얼마나 알고 있지?"

"공혁수 반장님이 누명을 썼다는 건 알고 있어요."

"그래서 내가 뭘 해 주길 바라지."

"진실을 밝혀내야죠."

"세상에는 진실이 쓰레기 취급을 당할 때가 많아. 이 동네에서는 매일 겪는 일 아닌가?"

백영희는 잠시 말을 하지 못했다.

"제가 과장님을 괜히 불러낸 거 같군요."

"유순태와 공혁수 두 사람 사이가 말이 안 되잖아."

"두 분은 서로 돕는 사이였어요."

백영희는 확실하다는 듯이 힘줘 말했다.

"동업자가 갈라서면 원수가 되는 법이거든. 빙빙 돌려서 얘기하지 말고 알고 있는 대로 얘기해 봐."

강민규의 냉담한 말에 아랫입술을 질끈 깨문 백영희가 입을 열었다.

"짐 쏘기라는 얘기 들어 보셨나요?"

"개성 공단 물품 유출과 관련 있는 얘기야?"

가만히 고개를 끄덕거린 백영희가 설명을 이어 갔다.

"원칙적으로 개성 공단 안에 있는 물건들은 밖으로 유출될 수 없어요. 퇴근할 때 소지품 검사를 해서 적발되면 바로 추방이 거든요."

공혁수와 함께 소지품 검사에 걸려 여자가 끌려나가는 것을 봤던 강민규는 고개를 끄덕거렸다.

"봤었어. 하지만 그런 와중에도 나갈 물건은 나간다고 하던데?"

"맞아요. 신의주나 원산 같은 곳에서도 여기서 나간 오뚜기 카레나 소고기 다시다 같은 건 어렵지 않게 찾을 수 있어요. 옷 같은 건 말할 나위도 없고요."

"그렇게 광범위하게 유통시킬 수 있다고? 잡히면 몽땅 총살

당하거나 아오지에 끌려가는 거 아니었어?"

"여기도 사람 사는 데라고요."

가볍게 쏘아붙인 백영희가 팔짱을 낀 채 먼 하늘을 바라봤다.

"그렇긴 하더군. 이 좁은 곳에서 연애도 하고 살인도 하고……"

점심이 지난 한낮의 태양은 개성 공단을 내려다보는 중이었다.

"됐어요. 저 갈게요."

"알았어. 잘 듣고만 있을게. 그래서 짐 쏘기는 뭐지?"

토라졌던 백영희는 숨을 한 번 쉬고 다시 말했다.

"여기서 나가는 물건을 전국으로 보내는 걸 짐 쏘기라고 해요."

"초코파이 같은 걸 보내는 거야?"

"그건 물론이고, 여기서 나오는 것 중에서 쓸 만한 건 전부요. 비누라든지, 샴푸 같은 것도 비싼 값에 팔리고, 여기서 만든 속옷들도 인기예요. 중국제보다 훨씬 튼튼하고 질기거든요."

"그건 알겠는데 전국적으로 유통이 된다고?"

공혁수에게서 경고 아닌 경고를 받았을 때 짐작하긴 했지만 예상보다 큰 규모일지 모른다는 생각에 저도 모르게 반문했다.

"개성 공단에서 나오는 물건들은 남조선 물건들만 전문적으로 취급하는 도매꾼들에게 넘어가요."

"어떻게 전국적으로 유통이 된다는 거지? 북한은 타지역으로 이동이 불가능하잖아."

"사람이 갈 수는 없으니까 열차나 차편으로 보내요. 주로 열차를 이용하죠. 열차 승무원에게 돈을 주면 원하는 지역으로 물건을 옮겨 주거든요."

"그걸 짐 쏘기라고 부르는군."

고개를 끄덕거린 백영희가 설명을 이어 갔다.

"차로도 운반해요. 원산은 보통 차편으로 가고 신의주나 사리원, 만포는 열차로 보내죠. 전화로 연락해서 미리 주문을 받고 도착 시간을 알려 주면 맞춰서 물건을 가지러 가는 식이에요."

"그건 그렇다 치고 돈은 어떻게 송금하지? 인터넷 뱅킹이 있는 것도 아니고 은행으로 보내는 건가?"

"돈을 주고받는 쪽은 물건 운반하는 쪽과 달라요. 돈주, 그러니까 상품을 유통시키는 데 필요한 돈줄을 쥐고 있는 사람이 믿을 만한 송금 중개업자를 시켜요. 그럼 그 사람은 아랫사람을 시켜서 돈을 전달받아요. 그리고 몇 프로씩 자기 몫으로 떼어 가죠."

"완전 어둠의 시장이네. 그렇게 풀린 물건들은 시장에서 팔리는 건가?"

"아뇨. 시장까지 가지도 않아요. 이렇게 풀린 물건들은 달리기꾼이라고 불리는 거간꾼들에게 넘어가고, 그다음에는 구들장한테 들어가죠."

"구들장은 또 뭐야?"

"글자 그대로 구들장 위에 앉아서 물건을 판다는 뜻이에요. 남조선 물건은 워낙 귀하고 비싸서 시장에 풀 필요가 없거든요."

"필요한 사람이 돈을 싸 들고 온다! 이거지."

"네. 아니면 직접 물건을 가지고 가서 팔기도 해요."

"대한민국 상품이 북한에서 인기라니, 은근히 기분이 좋아지는걸."

"그전에는 중국 물건들을 사다 썼는데 요즘은 남조선 물건들을 최고로 치죠. 그래서 중국에서 가짜로 남조선 물건을 만들어서 팔기도 해요."

백영희의 말을 들은 강민규는 고개를 끄덕였다.

"속사정을 들려줘서 고마운데 그게 이번 일이랑 무슨 상관인지 모르겠네."

"다 아시잖아요. 강 과장님이 왔을 때 유순태 법인장님이 몹시 불안해했어요."

"왜?"

강민규의 짧은 물음에 손톱 끝을 가볍게 물어뜯은 백영희가 대답했다.

"법인장님은 공장 물건이 계속 빠져나가는 걸 알고 계셨거든요."

"묵인한 건가? 아니면, 가담한 거야?"

"그건 정확하게 저도 모르겠어요. 사실 우리 공장만 그런 건 아니고 다른 공장도 비슷비슷하거든요."

"대충은 알고 있어. 원재료 손실만 적었어도 사장이 크게 상관하지 않았겠지. 법인장도 알고 있을 거라고는 짐작은 했어."

"어떻게요?"

"어떻게든 날 쫓아내려고 했잖아. 살짝 움직였을 뿐이었는데 말이야."

"그럼 일부러 들쑤시고 다닌 거였어요?"

그녀의 물음에 강민규는 어깨를 으쓱거렸다.

"사건을 조사할 때 가장 효과적인 방법이지."

그러면서 예상했던 것 이상으로 과민 반응을 보였던 것이 문제였다고 속으로 생각했다. 그리고 그걸 핑계 삼아서 여길 빠져나가려고 했던 일 때문에 살인 용의자가 됐다. 복잡해진 머릿속 때문에 눈살을 찌푸린 그에게 백영희가 말했다.

"법인장님은 늘 불안해하셨어요. 그러던 차에 과장님이 나타나니까……."

"똥줄이 타서 무리수를 던졌겠지. 그러니까 개성 공단 안에서 만들어진 물건들을 외부로 유출하는 조직이 있고, 공 반장이 거기에 가담했다는 얘기지. 법인장은 알고도 묵인한 정도가 아니라 아예 도와줬고 말이야."

"자세한 건 모르지만 대략 그 정도예요."

백영희의 설명을 들은 강민규가 고개를 저었다.

"그런데 법인장은 왜 이 일에 가담한 거지? 얼마나 버는지는 모르겠지만 너무 위험한 일이잖아."

"조국 통일을 위한 중요한 발걸음이라고 하셨어요."

백영희는 진지하게 말했다.

"뭐 이렇게 거창해? 그나저나 그 일이 법인장의 죽음과 무슨 연관이 있다고 그러는 거야?"

"법인장님은 호위총국의 공작에 의해 돌아가신 겁니다."

"설마, 그냥 추방시켜 버리면 되는데 왜 이 사달을 일으키겠어?"

"호위총국은 최고 지도자 동지를 호위하는 곳이기 때문에 그런 거 안 따져요."

"누구 소행이건 간에 그날 저녁 공장 안에 있던 사람이 살인자야."

강민규가 딱 잘라 얘기하자 백영희가 낮은 목소리로 대답했다.

"호위총국의 끄나풀 소행이 분명해요."

"그러니까 호위총국의 지시를 받은 공장 안의 끄나풀이 유순태 법인장을 죽였다는 얘기지. 대체 왜?"

"개성 공단 물건이 밖으로 나가는 걸 막기 위한 경고였을 거예요."

"경고?"

그의 반문에 백영희가 주머니에서 립스틱을 꺼내서 보여 줬다.

"평생 남조선이 미국의 식민지라고 배웠어요. 그런데 중국보다 수십 배는 좋은 물건들을 거뜬히 만들어 내잖아요. 거기다 개성 공단 지을 때부터 말이 많았어요."

"무슨 말?"

"여기에다가 공장을 짓는나고 했을 때 우리는 십 년은 넘게 걸릴 줄 알았어요. 그런데 몇 달 만에 길 닦고 건물들을 쭉쭉 올리는 걸 보고 다들 입을 다물지 못했죠. 우린 사람들이 일일이 만들고 옮겨야 했는데 남조선은 기계로 쓱쓱 해 버렸으니까요. 그 다음에는 중국제보다 훨씬 좋은 물건이 쏟아져 나왔어요."

"그러니까 체제가 무너지는 것을 막기 위해 이번 일을 벌였다 그 말이야?"

립스틱을 도로 주머니에 넣은 백영희가 고개를 끄덕거렸다.

"반장님이 법인장님이랑 얼마나 죽이 잘 맞았는데요."

"사람들 앞에서 싸웠다던데? 배신자 어쩌고 하면서?"

"연극이었어요. 둘이 너무 가깝게 지내면 의심을 사니까요. 그런데 갑자기 법인장님이 돌아가시니까, 반장님이 동료들에게 없던 일로 해 달라고 부탁을 한 거죠."

"둘 다 싸웠는데, 다들 입 맞춰서 나만 범인으로 몰렸고 말이야."

강민규가 이죽거리자 백영희가 한숨을 쉬었다.

"사실 강 과장님이 갑자기 범인이라고 끌려가서 어리둥절했지만 다행이라고 생각했어요. 남조선으로 추방되는데 거기는 공개처형 같은 거 하지 않고 사형도 없다고 했으니까, 적어도 죽지는 않겠다 싶었거든요."

"그런데 내가 멀쩡하게 돌아오니까 패닉에 빠져 버렸겠군."

백영희는 고개를 끄덕였다.

"거기다 무서운 호위총국 소좌랑 같이 돌아오셨잖아요. 그래서 다들 공 반장님에게 등을 돌렸어요. 그 사람 때문에 다들 쫓겨날 수는 없으니까요."

백영희의 얘기를 들은 강민규는 그제야 아까 공혁수 반장이 궁지에 몰렸을 때 동료들이 그를 외면했던 이유를 알 것 같았다. 그녀가 설명을 건너뛰긴 했지만 공혁수는 동료들에게 푼돈을 찔러 주면서 공범 관계를 유지했을 것이다. 그리고 그걸 무기 삼아서 공장의 물건을 자유롭게 빼돌렸다. 법인장도 구워삶은 상태에 동료들도 한 패거리로 가담시켰으니 물건을 빼돌리는 것쯤은 식은 죽 먹기였을 것이다.

결국 강민규의 등장에 불안감을 느낀 건 법인장은 물론이고 공혁수도 마찬가지였다. 그래서 그를 직접 데리고 가서 경고 아닌 경고를 했던 것이었다. 자신의 역할에 대해서는 입을 다물었지만 백영희 역시 그런 두 사람을 도와줬기 때문에 불안감을 느끼고, 이렇게 자신을 찾아와서 사실을 털어놓은 것이다. 복잡하게 돌아가는 정황을 이해한 강민규는 쓴웃음을 지었다.

"지금까지 해 준 얘기는 공혁수 반장이 범인이 아니라는 데 초점이 맞춰져 있지는 않은 것 같은데? 중요한 건 살인을 저지를 수 있는 이유와 가능성이지. 공혁수에게는 두 개 모두가 있어."

"무슨 말이에요. 공혁수 반장님은 범인이 아니라니까요."

백영희는 흥분해서 강민규에게 따졌다.

"먼저 이유를 볼까? 둘이 공범 관계였다가 내가 등장하면서 갈등을 일으켰을 가능성이 높아. 유순태 법인장은 내가 있는 동안만이라도 중단했으면 했고, 공혁수는 거기에 반대했을 수 있지. 그러다가 사람들 앞에서 대놓고 다퉜을 수도 있고 말이야. 그 다음은 알리바이 문제야."

"공혁수 반장님은 계속 동료들이랑 같이 있었어요."

"아까 오재민 소좌가 다그쳤을 때 동료들이 다른 얘기를 하던데? 8시 반에서 9시 정도까지 자리를 비웠다고 말이야. 애매하게도 그 시간은 남측 숙소에서도 사람들이 죄다 자기 방으로 들어갔을 때였어. 두 사람이 죽고 못 사는 사이였으면 비밀번호쯤은 알고 있었겠지. 30분이면 사람을 만나고 죽이기에는 충분해."

그녀에게 얘기하지는 않았지만 살인이 벌어진 방에 남겨진 흔적도 공혁수가 범인일지 모른다는 사실을 강력하게 암시했다. 유순태는 무방비 상태로 등을 보인 채 살해당했다. 안면이 있는 사람의 소행이었고, 공혁수는 여러모로 거기에 들어맞았다. 물론 밤늦게 살해됐을 것이라는 예측은 틀렸지만 어쨌든 유력한 용의자임에는 틀림없었다.

"설마 그 시간에 거길 들어갔겠어요?"

"법인장의 방은 숙소 첫 번째 방이었어. 바깥쪽 출입문과 가장 가깝기 때문에 문을 열고 방으로 들어가는 데 10초면 충분해."

"남측 숙소는 비밀번호를 눌러야지 들어갈 수 있잖아요. 거기다 방문에도 비밀번호를 누르게 돼 있는데 공혁수 반장이 어떻게 그걸 알겠어요."

"법인장이 열어 줬겠지."

강민규의 말에 백영희가 고개를 저었다.

"그리고 그 시간이라면 공 반장님은 거기 있을 수 없었어요."

"왜?"

강민규의 물음에 그녀는 고개를 내밀어서 아래 있는 창고를 가리켰다.

"저랑 저기 있었거든요."

"그 시간 동안?"

"네."

"둘이 왜 창고 있었던 거지?"

"공장 돌아가는 일이 어떤지 저한테 캐물었어요. 그래서 사람들 눈에 안 띄는 곳에서 얘기를 나눴어요."

"그럼 공혁수와 얼마나 같이 있었던 거지?"

"30분 정도 얘기하고 공장으로 돌아가는 걸 제 눈으로 봤어요."

"그럼 공혁수 반장의 알리바이는 확실한 셈이군."

"적어도 공 반장님은 아니라는 거죠."

"일이 겁나 복잡하게 꼬이는군. 그럼 대체 누가 범인이라는 거야?"

강민규가 투덜거리자 그녀는 먼 하늘을 바라봤다.

"우리는 별 욕심 없어요. 개성은 신해방 지구*라서 알게 모르게 차별을 많이 받았어요. 당 간부가 되기도 어렵고, 하다못해 작업반장도 다 북에서 내려온 사람들 차지였죠. 그런데 개성 공단이 생기면서 세상이 바뀐 거죠. 먹고살기 힘들고 무시당하던 사람들이 하루아침에 벼락부자가 된 거나 다름없게 됐거든요."

"그러니까 우리는 범인이 아니다."

---

* 한국전쟁 당시 대한민국 영토였다가 북한 영토가 된 지역을 일컫는다. 개성은 38선 이남이라 한국전쟁 발발 전에는 북한 지역이 아니었다

"예전에 남조선이랑 공화국이랑 사이가 틀어져서 공단이 폐쇄된 적이 있었어요. 그때 다들 깨달았죠. 이게 있어야 우리가 살 수 있다고 말이죠."

"어쨌든 공혁수가 범인으로 지목될 거 같아. 그게 모두에게 편한 거 아닌가?"

"그걸 핑계 삼아서 여기서 일하고 있는 개성 사람들을 죄다 쫓아내겠죠. 그리고 다른 지역에서 온 사람들을 채워 넣을 거예요."

"그렇다면 진범을 잡아도 별 소용이 없겠네. 공화국에서는 위에서 결심하면 끝 아닌가?"

그의 말에 백영희는 고개를 절레절레 저었다.

"지난번에 폐쇄했을 때 개성 주민들이 데모하려고 했어요."

"정말?"

"좀만 더 길어졌으면 진짜 들고 일어났을 거예요. 그래서 이런 사건을 일으켜서 개성 사람에게 죄를 뒤집어씌운 다음에 쫓아내려고 했던 거죠. 그러니까 범인을 꼭 잡아 주세요."

그녀의 간절한 눈빛을 본 강민규는 고개를 저었다.

"범인은 잡혀갔고, 이 일은 끝났어."

"이대로 남조선으로 내려가면 강 과장님도 좋지 못하잖아요."

"나로서도 방법이 없어. 모레 아침에 강제 추방되는 신세라서 말이야."

강민규의 말에 백영희는 당장이라도 울 것 같은 표정으로 돌아섰다. 그런 그녀에게 강민규가 물었다.

"그런데 언제 유순태 법인장의 방으로 간 거야?"

다시 그를 향해 돌아선 백영희가 눈을 동그랗게 뜨고 물었다.

"뭐라고요?"

우두커니 서 있는 그녀를 향해 성큼성큼 걸어간 강민규는 주머니에서 UV 램프를 꺼내서 그녀의 발에 갖다 댔다. 놀란 그녀가 발을 뺐지만 한발 늦고 말았다.

"뭐 하는 거예요!"

"내가 법인장 방에다가 뭘 발라 놨거든. 자외선에만 반응하는 형광액이라서 눈에는 잘 안 보여."

당황해하는 그녀의 눈앞에서 UV 램프를 까닥거린 강민규가 회심의 미소를 날렸다.

"안 그래도 조사해 보고 싶었는데 기회가 없었어. 그런데 이렇게 제 발로 만나자고 해서 챙겨 왔지."

"무슨 얘기인지 모르겠지만 전 법인장님 방에 들어간 적 없어요."

"그런데 방에 전자 도어 록이 있는 건 어떻게 알았어? 숙소 출입문이야 밖에 붙어 있으니까 그렇다 치고 말이야."

"그, 그건……."

말문이 막혀 버린 그녀에게 강민규가 계속 쏘아붙였다.

"그리고 형광액은 사건 발생 이후에 발라둔 거야. 혹시 몰라서 말이야. 그 얘기는 사건 발생 이후에 최소한 한 번은 현장에 들어갔다는 얘기지. 살인자는 범죄 현장에 반드시 들른다는 속담 들어 본 적 있어?"

"전 그런 적 없어요."

"거기다가 살인이 벌어지고 공장이 발칵 뒤집힌 이후에도 위험을 무릅쓰고 법인장의 방에 들어간 건 뭔가 중요한 걸 확보해야 한다는 뜻이겠지? 아침에 현장을 보고 이상한 점을 두 가지 눈치챘어. 하나는 유순태가 마치 잠을 자는 것처럼 반항 한번 못해 보고 죽었다는 거, 그리고 또 하나는 방이 지나치게 잘 정돈돼 있다는 점이었어. 마치 누군가 정리를 해 준 것처럼 말이야."

"말도 안 되는 소리 하지 마세요."

"사람들은 추리소설이나 영화에 나오는 걸 그대로 믿는 경향이 있어서, 어떤 장소를 뒤지면 흔적이 남을 거라고 믿지. 그런데 막상 반대로 뒤지면서 정리가 되는 경우가 많아. 특히 그 장소를 잘 아는 사람이라면, 자신이 뒤졌다는 것을 감추기 위해서 일부러 정리를 해 놓곤 하지. 죽은 유순태가 안심하고 맞이했을 정도라면 틀림없이 그 장소에 대해서도 알고 있었겠지. 그 방에 비밀번호를 누르고 들어가는 전자 도어 록이 있다는 걸 알고 있는 당신처럼 말이야."

백영희는 파랗게 질린 얼굴로 그를 바라봤다. 가볍게 한숨을 쉰 강민규가 계속 말을 이어 갔다.

"지금 호위총국에서 눈에 불을 켜고 범인을 찾아다니는 거 알고 있지? 공혁수가 걸려들긴 했지만 범인이 많으면 많을수록 좋아하는 건 남북이 마찬가지일걸."

강민규의 애기를 들은 그녀는 두 손으로 머리를 감싸 쥐었다. 그런 백영희의 눈앞에서 강민규가 손가락을 까닥거렸다.

"아는지 모르겠지만 난 헌병수사관으로 굉장히 오랫동안 일했어. 범죄가 일어나면 관련된 사람들은 필사적으로 머리를 굴려. 자기한테 불똥이 안 튀도록 말이야. 그래서 영희 씨처럼 중요한 목격자나 비밀을 알고 있는 사람처럼 나타나는 경우도 많아. 그런데 그런 와중에 자기도 모르게 내가 범인이라고 자백 아닌 자백을 할 때가 많아."

"난 살인자가 아니에요."

"영희 씨가 살인자인지 아닌지는 별로 중요하지 않아. 거기에 왜 갔는지 말해 주지 않으면 조만간 호위총국의 그 아저씨랑 만나게 될 거야. 그때는 이렇게 하늘 보면서 얘기할 수 없을 거야."

"남조선 사람들을 믿는 게 아니었는데."

혼잣말인 것 같은 그녀의 말에 강민규가 씩 웃었다.

"믿는 게 아니라 이용해 먹으려고 했잖아."

"편지를 찾으러 갔어요."

"언제?"

"법인장님이 돌아가신 다음 날이요. 남측 직원들은 몽땅 관리 위원회로 갔고, 직장장이랑 총무도 자리를 비우는 바람에 틈이 났죠."

"질문 순서가 틀렸군. 어떤 편지였어? 설마 연애편지⋯⋯."

강민규의 물음에 백영희가 고개를 살짝 끄덕거렸다.

"몇 달 전부터 서로 마음을 터놨어요. 법인장 동무가 몸이 안 좋아서 힘들어하신 걸 옆에서 위로해 주다가 얘기를 나누게 된 거죠."

농담으로 연애편지를 말한 강민규는 뜻밖의 얘기를 듣고 얼떨떨해졌다.

"남남북녀가 위험한 연애를 했군. 듣기로는 걸리면 최소한 총살이라던데?"

"법인장님도 그걸 염려하셨어요. 그래서 저보고 공화국을 탈출할 수 있는 방법이 있느냐고 묻기도 하셨죠. 저 혼자라면 어떻게 해 보겠는데 가족들까지는 무리라서 포기했어요."

"눈물겹군. 설마 우리 공장에 로미오와 줄리엣 커플이 있을 줄이야."

"다행히 법인장님 방에만 들어가면 안전해지기 때문에 저녁 때 몰래 들어갔었어요."

"그래서 유순태 법인장이 일부러 방을 숙소 출입문에 가까운 쪽으로 옮겼군. 쉽게 드나들 수 있게 말이야."

"네. 그리고 낮에는 편지를 결재 서류처럼 꾸며서 주고받았어요."

"그 편지를 찾으러 갔고?"

"법인장님이 북한을 탈출해서 대한민국에서 함께 살자고 제안했고, 그 내용을 주고받은 편지가 있었어요. 안 그래도 불안해서 편지를 없애 달라고 했는데 덜컥 돌아가시는 바람에…."

말을 잇지 못한 그녀가 울먹거렸다.

"편지는 찾았어?"

"찾아내서 태워 버렸어요."

"법인장을 마지막으로 본 게 언제야?"

"그때 말씀드린 것처럼 월요일 날 저녁 사무실에서요. 커피 타 드리면서 잠깐 얘기 나눈 게 마지막이었어요."

살짝 눈물을 비춘 그녀의 눈을 바라보면서 강민규가 물었다.

"그런데 공혁수는 어떻게 창고의 원자재들을 빼내서 밖으로 팔 수 있었지? 아무리 재고 관리를 안 한다고 해도 보는 눈이 한

둘이 아니었는데 말이야."

"공혁수 반장님이 저와 법인장님이 사귀고 있다는 걸 알고 있었거든요. 직장장이나 총무는 뒷돈만 찔러 주면 눈 뜬 봉사나 다름없고요."

"둘 사이를 알고 있다는 걸 빌미로 법인장을 협박해서 원자재를 빼냈군."

"생산직에서 일할 때 제 작업반장님이셨거든요. 법인장님이 손을 써서 사무실로 절 옮겨 주셨을 때부터 눈치챈 거 같았어요."

왜 법인장이라는 자리에 있으면서 위험천만한 원자재 빼돌리기에 적극적으로 가담했는지 알 것 같았다. 한숨을 쉰 백영희가 덧붙였다.

"처음에는 적은 양이었는데 점점 양이 많아졌어요. 그래서 법인장님도 걱정을 하셨고요. 사실 월요일 날 공 반장님이랑 창고에서 만난 것도 제가 먼저 보자고 한 거였어요. 법인장님을 자꾸 괴롭히면 눈 딱 감고 폭로해 버릴 거라고 말이죠. 그러면 공 반장도 무사하지 못할 거라고 하면서요."

"그랬더니?"

"자기가 왜 황금알을 낳는 거위 배를 가르겠냐고 걱정하지 말라고 했어요. 다만……."

주저하던 그녀가 어깨를 가볍게 떨면서 얘기했다.

"자기도 상납을 해야 하기 때문에 어쩔 수가 없다고 말했어요."

"누구한테 상납한다는 얘기야?"

"공 반장님이 창고에서 가져간 물품은 몸에 숨길 수 있을 정도가 아니었어요. 출입문을 통과하려면 누군가에게는 상납을 했겠죠."

백영희는 몸을 가늘게 떨면서 덧붙였다.

"어쩌면 그걸 알고 있는 쪽에서 손을 썼을 수도 있어요."

"하긴, 덕분에 조절 위원회의 존재가 알려졌지."

"공 반장님이 밉긴 하지만 법인장님을 죽일 만큼 어리석은 분은 아니에요. 거기다 자리를 비웠다는 시간 내내 저랑 같이 있었고요."

간절함이 담긴 백영희의 말에 강민규는 곤혹스러운 말투로 중얼거렸다.

"복잡하군."

재고 관리 얘기를 꺼냈을 때 유순태가 민감한 반응을 보이고, 공혁수가 직접 나서서 협박을 한 이유를 알 것 같았다. 특히 공혁수는 자신의 이권을 지키기 위해 협박도 불사했던 것이다.

복잡했던 상황들이 하나씩 정리돼 갔지만, 사건의 본질이자 핵심은 여전히 미궁 속에 머물러 있었다. 강민규는 대체 누가 이렇게 민감하고 애매한 곳에서 대담하게 살인을 저질렀는지 도통 모르겠다고 속으로 생각했다.

"법인장의 방 비밀번호가 비밀은 아니었군."

그가 골똘히 생각에 잠겨 있는 모습을 본 백영희가 말했다.

"전 법인장님을 죽이지 않았습니다."

그녀의 얘기를 들은 강민규는 반사적으로 고개를 끄덕거렸다. 덩치가 작고 힘도 없는 그녀가 단숨에 덩치 큰 법인장을 제압하고 죽이는 건 불가능했다. 설사 그럴 기회가 있다고 해도 그녀 입장에서는 법인장이 죽게 돼서 조사를 하게 되면 연애를 했다는 사실이 발각될 위험성이 높았다.

"알아. 당신한테는 자살골이나 다름없는 일이니까."

"그럼 제가 했던 말들의 비밀을 지켜 주세요. 이 일이 발각되면 전 살아남지 못합니다."

눈물을 글썽거린 그녀의 간절한 부탁에 강민규는 고개를 끄덕거렸다. 그러자 백영희가 주저주저하다가 입을 열었다.

"남조선으로 돌아가시면 순태 씨의 무덤에 찾아가 주세요."

이번에도 강민규는 입을 열지 못하고 고개를 끄덕거렸다. 눈물을 훔친 그녀가 고개를 숙여 인사를 하고는 돌아섰다.

백영희가 옥상의 문을 열쇠로 열고 내려가는 모습을 물끄러미 바라보던 강민규는 고개를 돌려 아래쪽을 바라봤다. 공장 주변으로 바쁘게 오가는 북한 사람들이 보였다. 개미처럼 그리고

로봇처럼 보이는 그들을 내려다보면서 강민규는 깊은 한숨을 쉬었다. 무엇보다도 그녀가 방금 전 한 얘기 속에서 중요한 단서를 찾아냈다. 하지만 그게 의미를 가지기 위해서는 뛰어넘어야 할 장애물이 몇 개 존재했다. 하늘을 바라보면서 생각에 잠겨 있던 그는 발걸음을 옮겼다.

*   *   *

공장의 분위기는 더없이 무거웠다. 하지만 그 안에서 잠들어 있는 안도감을 읽어 냈다. 들쑤시고 다니던 호위총국에서 범인을 잡았으니까 이제 한숨 돌릴 수 있을 것이라는 생각들이 깔린 것이다. 작업은 차분하게 이뤄졌고, 사람들은 남북 가릴 것 없이 침묵을 지켰다. 시간은 저녁을 향해 치닫고 있었다. 그것은 그에게 주어진 두 번째 날이 끝나고 있음을 의미했다.

옥상에서 내려온 강민규는 숙소로 돌아갔다. 찬장에 있는 컵라면으로 간단하게 끼니를 때우고 방으로 들어왔다. 그리고 왜 사소한 일탈조차 허용되지 않는 이곳에서 살인이 벌어졌는지 쉼없이 생각해 봤다.

고민을 하던 그의 눈은 자연스럽게 편의점에서 가져온 초코바로 향했다. 법인장 방에서는 초코바의 흔적을 찾아볼 수 없었다. 초코바를 좋아했다면 단것을 좋아했다는 의미였지만 정작 그의 방에서는 사탕 같은 것들을 찾아볼 수 없었다. 편의점 아르바이트가 기억할 정도로 초코바를 자주 샀으면서 말이다. 거기다 초코바에는 뭔가를 의심할 수밖에 없는 흔적이 남았다. 어떤 뜻인지는 금방 알 수 있었다.

문제는 누구에게, 왜 보냈느냐다. 추측하기 위해 안간힘을 쓰던 그는 초코바와 관련된 또 다른 사람을 떠올렸다. 유순태 법인장과 우연히 마주쳤던 편의점에서의 기억을 떠올리자 또 다른 기억이 차례차례 떠올랐다.

침대에서 일어난 강민규는 서랍 속에 넣어 둔 명함을 들고 거실로 나갔다. 전화기 앞에 선 그는 명함을 보면서 전화를 걸었다. 그리고 잠시 후에 상대방이 전화를 받자 최대한 태연하게 말했다.

"아이구, 안녕하십니까? 강민규 과장입니다. 날도 더운데 운동장에서 시원한 맥주나 한잔하시죠. 긴히 드릴 말씀이 있어서요. 맥주랑 안주는 제가 챙겨 가겠습니다. 그럼 6시에 뵙겠습니다."

상대방의 대답을 듣기 전에 일방적으로 전화를 끊어 버린 강민규는 냉장고를 열어서 캔 맥주 몇 개를 챙겼다. 그리고 계속 들여다보던 초코바와 몇 가지 안주를 챙겨서 운동장으로 향했다.

해가 뉘엿뉘엿 저물어 갈 기미를 보이고 있었다. 운동장에 도착한 강민규는 스탠드에 앉아서 캔 맥주를 하나 땄다. 토요일이라 일찍부터 나와 있는 사람이 많았다. 책과 인터넷을 볼 수 없는 이곳에서는 땀을 흘리면서 운동을 하는 게 시간을 보내는 방법이었다.

농구 골대 아래 모인 한 무리의 사람들이 웃고 떠드는 모습을 지켜보던 그는 멀리서 걸어오는 김재천 과장을 봤다. 강민규가 한 손을 번쩍 들자 시선을 돌린 김재천 과장이 다가왔다. 옆자리에 앉은 김재천 과장의 당혹스러운 시선을 강민규가 느긋한 웃음으로 맞받아쳤다.

"귀신이라도 본 것 같은 표정이군요."

"그, 그럴 리가요."

멋쩍은 웃음을 지은 그에게 강민규가 캔 맥주를 건넸다. 마른 침을 삼킨 김재천 과장이 맥주를 한 모금 마시는 걸 지켜본 그는 주머니에서 초코바를 꺼냈다.

"안주는 이걸로 하시죠."

손등으로 턱에 묻은 맥주를 닦은 김재천 과장이 대꾸했다.

"맥주에 초코바라니, 애매하네요."

"그렇죠? 개성 공단에서 스파이 놀이하는 것만큼이나 어색한 일이죠."

장난스러운 강민규의 말투에 김재천 과장의 눈가가 가볍게 떨렸다.

"그게 무슨 얘깁니까?"

"저보다 더 잘 아실 텐데요? 초코바 껍데기에 볼펜으로 점을 찍어 놓은 거 보이죠? 유순태 법인장이 자주 들르던 편의점에서 발견한 겁니다. 찍어 놓은 점은 모스 부호라서 금방 알아볼 수 있었는데, 문제는 누구에게 어떤 내용을 전달하는가죠."

"그걸 왜 저한테 얘기합니까?"

"이 초코바를 좋아하죠? 자동차 대시보드에 넣어 둘 정도로 말입니다."

강민규의 말에 김재천 과장이 어이가 없다는 듯 코웃음을 쳤다.

"그거 좋아하는 사람이 저밖에 없을 거 같아요?"

"그렇긴 하지만 유순태 법인장이 편의점에 갔던 시간에 맞춰서 당신이 방문했던 건 우연의 일치일 거 같지는 않은데요?"

"말도 안 되는 소리 하지 말아요. 제가 간첩처럼 접선이라도 했단 말입니까?"

사실 그 부분이 강민규에게도 가장 큰 의문이었다. 편의점을 포스트로 이용해서 접선을 한 것은 다 큰 어른들끼리 장난을 쳤다고 봐도 이상하지 않을 정도로 허술했기 때문이다. 하지만 초코바에 남겨진 모스 부호의 내용은 그런 경계선을 넘겨 버렸다.

"모스 부호 내용은 간첩들 접선한 거랑 비슷하던데요. 어디

보자."

초코바를 한 손으로 든 그가 천천히 입을 열었다.

"28, 원단 2호, 14."

강민규가 바라보자 김재천 과장은 조심스럽게 헛기침을 하면서 시선을 내리깔았다.

"제가 여기 왜 왔는지는 아시죠?"

"재고 관련 문제 때문에 왔다고 들었습니다."

"맞습니다. 실세로 보니까 문제가 심각하더군요. 그중에서 가장 궁금했던 것은 어떤 식으로 빼돌린 물건을 보충했는지입니다. 횡령이나 절도를 하게 되면 장부를 조작하거나 혹은 다른 곳에서 물건을 가져와서 정상인 척을 해야만 합니다. 하지만 여기는 그런 식의 보충이 불가능합니다. 아니, 불가능하다고 믿었습니다."

"맞습니다. 여기서 어떻게 보충을 합니까?"

"돌려막기라면 가능하죠."

"돌려막기요?"

김재천 과장의 물음에 강민규는 고개를 끄덕였다.

"가령 A 공장에서 횡령으로 인해 부족해진 물건을 B 공장에서 가져와서 창고에 채워 넣는 겁니다. 그리고 반대의 경우도 가능하고요."

"말도 안 됩니다. 누가 그렇게 위험한 일을 도와주겠습니까?"

김재천 과장이 손사래를 치면서 말했지만 강민규는 말을 이어갔다.

"그러면서 조금씩 손실로 털어 내 버렸겠군요. 재고 장부가 있고 관리가 철저하게 됐다면 어림도 없는 얘기지만, 개성 공단에서는 회사가 근로자를 직접 관리하는 게 불가능하기 때문에 먹힐 수 있고 말입니다."

"억측이 너무 심하네요."

김재천 과장의 반박에 강민규는 쓴웃음을 지었다.

"제가 몸담고 있던 군대가 그런 억측이 먹혀들어 가는 곳이죠. 타살이 자살로 바뀌고, 당당하게 도둑질한 일이 비일비재합니다. 여기도 더하면 더하지, 덜한 곳은 아니더군요. 제가 잘못 알고 있는 건가요?"

"북한 근로자들이 완성품이나 원단을 빼돌리는 일은 비일비재합니다. 차라리 묵인했다면 모를까, 우리 측 직원들이 거기에 가담할 이유는 없죠. 생기는 건 적고 위험은 크니까요."

"저도 그렇게 생각했습니다만, 우리 측 직원이 가담하지 않았다고 확신할 순 없습니다."

"왜요?"

"우리 공장 작업반장이 살인범으로 체포됐습니다."

"아까 나오기 전에 TV에서 뉴스 속보로 때리더군요. 갑자기 잡혀서 놀랐습니다."

"그 사람이 범인인지 아닌지는 우리 모두에게 그다지 중요한 문제는 아닙니다. 평화를 지킬 수 있느냐 없느냐의 갈림길이니까요. 그래서 선택권을 드리려고 합니다."

"어떤 선택권을요?"

"저는 다음 주 월요일 날 여기서 강제 추방됩니다. 그러면 아마 취재진이 벌떼처럼 몰려와서 마이크를 들이댈 겁니다. 거기에다 대고 개성 공단에서 일하는 직원 중 일부가 북한 근로자들과 손잡고 조직적으로 물건을 빼돌리고 있다고 얘기할 겁니다."

강민규의 말에 김재천 과장이 벌컥 화를 냈다.

"뭐라고요?"

"그럴 필요도 없이 발정 난 개처럼 돌아다니는 호위총국 소좌 아저씨한테 슬쩍 얘기해 주는 방법도 있겠네요. 그러면 내 뒤를 따라 추방당하겠네요."

"모함하지 말아요!"

흥분한 김재천 과장의 말이 막 어둠이 깔리는 사방으로 울려 퍼졌다.

"어차피 난 살인자로 찍혔어요. 결단코 나 혼자 망가지지는 않을 겁니다. 그러니까 아는 대로 얘기해요. 유순태 씨랑 무슨 관계고 어떤 얘기를 주고받은 겁니까?"

침묵이 흘렀다. 캔 맥주를 한 모금 마시고 손등으로 입을 가린 채 트림을 한 강민규는 상대방을 지그시 노려봤다. 깊은 한숨을 쉰 김재천 과장이 고개를 숙인 채 대답했다.

"유순태 법인장님은 국정원 요원이었습니다."

예상 밖의 얘기가 나오자 오히려 당황한 건 강민규였다.

"뭐라고요?"

깊은 한숨을 쉰 김재천 과장이 낮은 목소리로 속삭였다.

"국정원 몰라요? 국가 정보원."

"그건 아는데 유순태 씨가 국정원 요원이었다고요?"

"목소리 좀 낮춰요."

"국정원 요원이라는 건 어떻게 알았습니까?"

"저한테 협조를 부탁하면서 털어놨습니다. 그리고 한 번은 내곡동에 있는 국정원에도 데리고 가 주셨어요."

"실제로 안에 들어가 보신 겁니까?"

"아뇨. 먼발치에서만 봤어요. 저보고 협조를 잘해 주면 특채시켜 주겠다고 약속도 했고요."

예상 밖의 얘기를 들은 강민규는 얼굴을 살짝 찡그렸다.

군 수사관 시절, 동네 주민에게 막걸리를 얻어먹으려고 기무사 장교 행세를 하던 건달을 수사한 적이 있었다. 문제는 건달이 자백한 후에도 동네 주민은 그가 기무사 장교라는 사실을 한 치도 의심하지 않았다. 사람들은 자신이 진실이라고 믿는 것을 맹신하는 경향이 있었다.

강민규가 침묵을 지키자 오히려 김재천 과장이 입을 열었다.

"어릴 때부터 제 꿈이 국가와 민족을 위해 헌신하는 첩보원이었거든요."

"알겠습니다. 그럼 개성 공단 안에서 진행하는 공작은 어떤 거였습니까?"

"창고의 원자재들을 이동시키는 일이었습니다. 초코바를 통해서 필요한 수량과 일자를 통보받으면 준비해 놨다가 가져갔죠."

"그러니까 김 과장님 창고 물건들을 우리 공장으로 옮겨서 재고를 속였다는 얘기군요."

"네. 그리고 거기 창고에 원자재가 들어오면 우리 창고로 옮겨서 비워진 수량을 맞추는 방식이었죠. 양쪽이 비슷한 원단을 써서 돌려막기가 가능했습니다."

"그런 식으로 메우다가 장부를 털어 내는 방식으로 재고를 처리했군요."

"맞습니다. 사실 직원들을 직접 관리할 수 없어서 재고에 대해서는 거의 신경을 못 씁니다. 어차피 인건비가 동남아보다 싸기 때문에 재고가 펑크 나도 회사는 손해가 아니거든요."

김재천 과장의 얘기를 들은 강민규는 어떻게 공장의 원자재가 장부와 얼추 맞아떨어졌는지를 알게 됐다. 그렇다면 자신이 예측한 것보다 더 많은 원자재와 완성품들이 공장 밖으로 빼돌려 졌다는 것을 의미했다.

"초코바의 포장지에 적어 놓은 것은 옮겨 놔야 할 원자재의 날짜와 수량이었군요."

"네. 여기서는 휴대폰을 사용할 수 없어서 사무실 전화나 만 나서 얘기를 해야 하는데 둘 다 위험성이 높거든요. 그래서 암호 를 통해서 주고받는 방식을 썼습니다. 시간과 수량을 전달받으면 제가 미리 준비해 놓고 있다가 그쪽 사람이 오면 넘겨주는 방식을 썼죠."

"그게 공혁수 반장이었죠?"

"네. 그래서 제가 왜 북한 사람을 쓰냐고 했더니 믿을 수 있는 사람이라고 했습니다."

"왜 그런 공작을 진행했답니까?"

강민규의 물음에 김재천 과장은 어깨를 으쓱거렸다.

"북한을 내부에서부터 붕괴시키기 위한 작전이라고 했습니다."

"누군지 몰라도 첩보 영화를 너무 많이 본 모양이네요."

강민규는 생각에 잠겼다. 비아냥거리기는 했지만 처음 예상 했던 것보다 더 조직적이고 거대한 규모로 일이 진행되고 있다는 사실을 깨달았다. 그리고 죽은 유순태 법인장은 그 중심에 있었다. 그것이 죽음과 어떤 식으로 연관이 됐는지는 모르겠지만 말이다.

"유순태 씨를 마지막으로 본 건 언제입니까?"

질문을 받은 김재천 과장은 코끝을 찡그리며 잠시 생각에 잠겨 있다가 대답했다.

"지난주에 편의점에 갔다가 만난 게 마지막입니다. 그때 강 과장님이 들어오셔서 그냥 눈만 마주친 게 전부입니다."

그때 종업원이 또 초코바를 사느냐고 했던 말을 들었던 것이 여기까지 오는 단서였다는 말은 하지 않았다. 강민규가 침묵을 지키자 눈치를 보던 김재천 과장이 말했다.

"비밀은 지켜 주셔야 합니다. 이 사실을 알면 북한 놈들이 무슨 짓을 저지를지 몰라요."

"조국과 민족을 위해 비밀을 지켜 드리죠. 유순태 씨가 따로 얘기하거나 신경을 쓴 것들은 없었습니까?"

"사실 이 안에서는 별로 얘기를 나눌 시간이 없었습니다."

"혹시 북풍회에 대해서 얘기를 한 적은 없었습니까?"

"아뇨. 없었습니다."

그 뒤로도 몇 가지를 더 물어봤지만 딱히 도움이 될 만한 정보는 없었다.

비밀을 지켜 달라고 신신당부한 김재천 과장이 돌아간 후 강민규는 홀로 남아서 맥주를 마셨다. 농구를 하던 팀들도 어느새 없어져 버렸다. 아무도 없는 운동장에는 땅거미가 지는 중이었다.

개성 공단에 조력자가 있다고 했던 북풍회의 임성택 회장 얘기가 떠올랐다. 만약 그게 유순태라면 일이 굉장히 복잡하게 돌아가게 된다. 유순태가 북한을 내부에서부터 붕괴시키기 위해서 일부러 개성 공단의 물품들을 북한으로 유출시켰고, 배후에 임성택이 존재했다는 그림이 그려지게 된다.

임성택의 배후에 누가 있을지는 어렵지 않게 상상할 수 있었고, 굳이 상상할 필요도 없었다. 자리가 사람을 만든다는 얘기처럼 북풍회의 존재가 그걸 증명하니까 말이다. 그리고 그 중심에 있던 유순태의 죽음은 누군가의 경고 내지는 파열음이 일어났다는 흔적이었다.

눈을 감고 한참 생각하던 강민규는 호위총국의 소행이라는 백영희의 얘기가 떠올랐다. 그리고 그 호위총국 소속의 오재민 소좌가 자신과 함께 이 사건을 조사했다. 어쩌면 조사를 했던 것이 아니라 자신이 진실에 다가가는 것을 막기 위해서 그랬던 것일지도 몰랐다. 유순태의 공범이었던 공혁수를 서둘러 범인으로 몰아 버린 것도 숨겨진 의도가 있었을 것이라고 짐작할 수 있었다. 특히 공혁수가 의식을 잃기 전에 자신에게 마지막으로 했던 말은 여러모로 의미심장했다.

"젠장, 골치 아파졌군."

혼잣말을 중얼거린 강민규는 빈 맥주 캔을 한 손으로 우그러뜨리면서 일어났다. 죽은 유순태의 여러 얼굴이 보였다. 대충 그림은 그려졌다.

개성 공단에서 오랫동안 근무하면서 극도의 스트레스를 받던 유순태는 어느 날 꽃다운 나이의 어린 북한 여성인 백엉희에게 꽂혔다. 그래서 그녀를 가까이서 보기 위해 사무직에 앉히려고 힘을 쓰던 와중에 눈치 빠른 공혁수에게 들키고 말았다. 공혁수는 그걸 빌미 삼아서 공장 창고의 원자재나 완성품들을 개성 공단 밖으로 빼돌렸다.

그런 와중에 강민규가 등장하면서 유순태와 공혁수는 갈등을 일으켰다. 그러자 궁지에 몰린 유순태는 강민규를 국정원 간첩이라고 소문을 내서 쫓아내려고 했다. 하지만 그 와중에 갑자기 의문의 죽임을 당해 버리면서 일이 복잡하게 얽혀 버리고 말았다.

알코올 기운 때문인지 머리는 빠르고 뜨겁게 돌아갔다. 살인자의 등장은 그런 갈등과 비밀들을 밖으로 끌어내는 역할을 했다. 유순태의 죽음으로 인해 조절 위원회의 존재는 물론, 남북 간의 기묘하고 은밀한 커넥션이 모습을 드러낸 것이다. 그렇게 두 번째 날이 끝나가는 중이었다.

공장의 숙소로 돌아와서 TV를 틀자 김재천 과장의 말대로

개성 공단의 북측 근로자가 남측 법인장을 살해했다는 내용의
뉴스 속보가 흘러나왔다.

6. 진실 - 세 번째 날

마지막 날은 오재민 소좌의 방문과 함께 시작됐다. 공장은 밀린 주문을 소화하느라 일요일임에도 불구하고 정상 조업을 하는 중이었다. 강민규는 그가 왔다는 연락을 받고, 서둘러 옷을 입고 위에 회사 점퍼를 걸치고는 법인장실로 내려갔다. 모자를 벗고 의자에 앉아 있던 오재민 소좌를 본 그가 물었다.

"공혁수는?"

"병원으로 옮긴 직후에 죽었어."

"그럼 범인이라고 볼 수 없겠네."

"죽기 직전에 자기가 살인범이라고 자백했어."

예상했던 말이라서 크게 놀라지 않았던 강민규가 반문했다.

"왜 죽였대?"

"공화국을 모욕하는 발언을 계속해서 항의를 했더니 조롱을 해서 격분한 나머지 일을 저질렀다는군."

"너무 모범 답안인데?"

강민규의 비아냥거림에 오재민 소좌는 의자에서 일어나 창가로 걸어갔다.

"오랫동안 인격적으로 수모를 당해 왔고, 최근 원자재 관리 문제로 갈등을 일으킨 것 같아. 예전에는 좀 느슨했는데 네가 와서 들쑤시고 다니니까 법인장도 빡빡하게 굴었고, 결국 그게 원인이 된 것이지."

"어떤 식으로 죽였는지도 얘기했어?"

"야근을 하기 위해서 식사를 마치고 숙소로 찾아가서 항의를 하던 와중에 우발적으로 살인을 저질렀다고 하더군."

오재민 소좌의 얘기를 들은 강민규는 가볍게 고개를 저었다. 잘 정돈된 현장과 죽은 유순태의 옷차림은 우발적인 범행이라는 사실과 거리가 멀었다.

"공혁수는 키가 160에 몸무게도 50킬로그램 정도였어. 그보다 훨씬 덩치가 큰 유순태를 단숨에 제압할 수 있었겠어?"

"공화국 인민들이 체구가 작다고 무시하지 마. 유순태가 등을 돌리고 있을 때 손날로 목을 쳐서 쓰러뜨렸다고 진술했어."

"왜 등을 돌렸대? 사이가 안 좋은 동료가 밤중에 찾아왔는데 잠옷 바람으로 문 열어 주고 등을 보였다는 걸 믿는 거야?"

"상대방을 무시하고 깔봤다면 그럴 수도 있겠지. 물론 난 아니지만."

강민규는 터무니없는 거짓말을 태연스럽게 늘어놓는 오재민 소좌의 말에 짜증이 났다.

"다른 무엇보다도 거기로 찾아갔다는 게 이상하지 않아? 원래대로면 직장장이나 총무를 통해서 공식적으로 항의를 해야지. 안 그래?"

창밖을 바라보며 묵묵히 듣던 오재민 소좌는 고개를 돌려서 강민규를 바라봤다.

"그럼 자네를 포함해서 남측 직원 중 한 명이 범인이겠군. 법인장이 안심하고 문을 열어 주고 등을 보일 수 있으니까 말이야."

"범죄는 협상의 대상이 될 수 없어."

"그럼 최선의 방법이라고 생각해. 우리로서는 공혁수를 범인으로 내세운 것만 해도 엄청나게 양보한 거야. 내가 윗선을 설득하느라고 얼마나 힘들었는지 알아?"

"날 위해 선심을 베풀어 준 거야?"

강민규의 비아냥거림에 오재민 소좌가 피식 웃었다.

"남조선에서는 개성 공단을 폐쇄하자고 주장하는 쪽이 데모를 하고 있지? 공화국에서도 자본주의 세력이 신성한 영토 한복판에 공장을 세우고 우리 주민들을 일꾼으로 부려 먹는 걸 싫어하는 쪽이 아주 많아."

"여기나 거기나 목소리 큰 놈들이 문제군."

"사실은 여기서 나오는 달러가 탐이 나서 그러는 거지. 지금은 지도자 동지의 특명으로 호위총국에서 관리하고 있는데, 당이나 군의 불만이 만만치 않거든."

"그런 상황이니까 그냥 덮어야 한다?"

강민규가 기가 막힌다는 표정으로 바라봤다.

"나한테 공화국에서 남조선 국민인 자네를 체포하거나 살인죄로 기소하면 발칵 뒤집힐 거라고 했지? 그렇다면 공화국에서도 남조선 인민을 살해한 죄로 우리 주민을 체포하는 것이 얼마나 힘든지 알고 있으리라 믿어."

단호한 오재민 소좌의 얘기는 계속 이어졌다.

"사실 개성 공단을 조성하면서 공화국, 특히 군대가 많은 양보를 했어. 공화국에서 군대가 차지하는 위상을 생각하면 정말 어마어마한 일이었지."

"그래서 칭찬해 달라는 말이야?"

강민규의 말에 오재민 소좌가 씩 웃으면서 고개를 절레절레 저었다.

"개성 공단은 두 번 폐쇄됐지만 공화국의 양보로 다시 문을 열었지. 하지만 이번 일은 굉장히 미묘해. 개성 공단은 엄연히 공화국의 영토이기 때문에 원칙적으로 살인범의 체포와 기소도 우리 관할이야.”

“하지만 그걸 받아들일 대한민국 사람은 없지. 정치인은 더더욱 그렇고.”

“맞아. 아직도 자네를 유력한 살인범으로 보고 있는 우리 쪽 사람이 많아. 자세하게 얘기할 수는 없지만 첫날 자네를 무리하게 체포한 것도 그쪽 사람들의 작품이었지. 하지만 명확한 증거가 없었고, 남측의 반발이 심했기 때문에 한발 물러서야만 했어.”

비로소 석방 이유를 알게 된 강민규는 허탈해졌다.

“조국이 날 이렇게 생각해 주다니 눈물 나는데.”

“원래대로라면 우리 측에서 시신을 부검해서 법의학적인 증거를 찾아야 했지만 남측에서 펄펄 뛰는 바람에 무산됐고 말이야. 그래서 일단 자네를 석방하고 막후 협상을 하자는 쪽으로 결론이 났어.”

오재민 소좌의 얘기를 들은 강민규가 입맛을 다셨다. 대한민국과 북한 사람이 한 팀을 이뤄서 살인 사건을 수사한다는 건 애초부터 말도 안 되는 일이었을지도 몰랐다.

“탐정 놀이를 했던 건 그냥 시간 벌기였군.”

“애초에 큰 기대를 하지는 않았다고 해 두지. 사실 널 여기 남겨 둔 건 협상 동안 인질로 잡아 두기 위해서였으니까. 그런데 우리 공화국 주민이 범인으로 잡혀 버렸지.”

"난 한 게 아무것도 없는데."

"자네가 들쑤시고 다니니까 우리 쪽에서도 움직이지 않을 수가 없었거든. 그리고 그것 때문에 범인이 잡혀 버렸고 말이야. 덕분에 강경파들의 입을 닫아 버린 건 덤이었고."

"그러니까 아무런 의문이나 반박하지 말고 조용히 입 다물고 돌아가라 이 말이지."

강민규의 질문을 받은 오재민 소좌는 의자로 돌아와서 모자를 집어 들고 옆구리에 끼웠다.

"이번 결과는 우리 공화국이 남조선에 보내는 신호라고 봐도 될 거야."

사무실 밖에서 비명 비슷한 것이 들렸다. 신경이 쓰인 강민규가 눈살을 찌푸리면서 물었다.

"무슨 신호?"

"우리 공화국은 개성 공단을 유지하기로 결정했다는 거. 그러니 남조선도 전폭적으로 협조를 해야 한다."

"그러니까 아무리 의심스러워도 공혁수가 우발적으로 살인을 저질렀다는 점을 믿으라고?"

"의심하는 건 뭐라 하지 않겠지만 그렇게 믿어야만 해. 그게 공화국도 살고, 남조선도 사는 길이야."

"조국과 민족을 위해서라는 얘기군. 너무 식상하지 않아?"

"남조선도 툭하면 간첩단 사건을 조작하고, 선거 때마다 북풍을 기다렸잖아."

"에이, 그건 30년 전 얘기고."

"어쨌든 죽어서는 안 될 곳에서 사람이 죽었고, 이렇게 정리하는 게 남아 있는 사람들을 행복하게 만들어 줄 거야."

"우린 처음부터 동지가 아니었군."

"그래서 내가 동지라고 부르지 말라고 했잖아."

의미심장한 미소를 지으며 얘기를 마무리 지은 오재민 소좌는 옆구리에 끼고 있던 모자를 썼다. 밖에서는 계속 급하게 걷는 발소리와 고함을 치는 듯한 소리가 들려왔다. 신경이 쓰인 강민규는 결국 문을 열어 보고 말았다.

호위총국 요원들과 세관원들이 사무실 안에서 서류와 컴퓨터를 들고나오는 중이었다. 파랗게 질린 백영희가 문 옆에서 발을 동동 구르고 있었다. 멍한 눈으로 그 모습을 지켜보던 강민규의 등 뒤에서 오재민 소좌의 굵은 목소리가 들렸다.

"원 실업에 대한 세금 탈루 의혹이 제기됐어. 세관에서 자료를 압수해서 면밀하게 조사할 거야."

"타이밍 죽이네. 입 다물라 이거지?"

"아울러 자네에 대한 기소도 취소됐어. 하지만 북남 관계와 개성 공단의 특수성을 고려해서 추방 명령은 유효해."

"앞뒤로 꽉꽉 기가 막히게 압박을 넣는군. 어쨌든 내일 아침까지는 시간이 있으니까 좀 더 조사해 볼 거야."

강민규의 얘기를 들은 오재민 소좌가 어처구니없다는 표정을 지었다.

"그만 고집부려. 어차피 누명도 벗었으니까 남조선에서 새 출발을 하면 되잖아."

몸을 돌린 강민규가 모자를 쓴 오재민 소좌 앞에서 장난스럽게 차렷 자세를 취했다.

"이놈의 지랄 맞은 성격은 끝을 봐야 직성이 풀려서 말이야. 이건 뭐랄까? 화장실에서 일을 보고 뒤를 안 닦은 기분이야."

"어쨌든 내일 아침에는 여길 떠나게."

"그럼 그때까지는 자유롭게 조사해도 된다는 거로 알고 있을게."

얘기를 마친 강민규가 밖으로 나가려고 하자 오재민 소좌가 미심쩍은 목소리로 물었다.

"그런데 공혁수가 의식을 잃기 전에 너한테 뭔가 얘기한 거 같던데?"

"뭐라고 하긴 했는데 잘 안 들렸어. 자세히 들어 보려고 했는데 네가 날 떠밀어 버렸잖아."

강민규의 말에 오재민 소좌가 바짝 얼굴을 들이댔다.

"그 얘기가 진짜이길 바래."

"날 못 믿는 거야?"

강민규의 능청스러운 얘기에 오재민 소좌가 씩 웃었다.

"우린 서로 믿으면 안 되는 사이 아니었나?"

* * *

오재민 소좌가 강민규를 지나쳐서 공장 밖으로 나갔다. 세관원들과 호위총국 요원들이 사무실에서 입수한 서류와 컴퓨터들을 가져와 자동차에 싣는 중이었다. 이 부장과 홍 과장은 겁에 질린 표정으로 먼발치에서 서서 바라보는 중이었고, 1층과 2층의 북한 직원들도 일손을 놓고 창밖으로 내다봤다. 자동차들이 시커먼 매연을 남겨 놓은 채 공장을 떠나자, 홍 과장은 바로 사무실로 뛰어갔다.

강민규는 조용히 3층 숙소로 올라가서 유순태 법인장의 방으로 들어갔다. 시신과 유품이 치워지면서 살인의 흔적 역시 소멸해 버린 상태였다. 하지만 사건이 풀리지 않을 때는 사건 현장으로 돌아가라는 오랜 격언처럼 결국 그곳에 답이 있었다.

공혁수는 살인자가 될 수 없었다. 하지만 그가 범인으로 낙찰되는 것이 남과 북 모두에게 유리한 것 역시 사실이었다. 대한민국은 자국민이 살인자로 북한 법률에 의해 처벌받지 않을 수 있었고, 북한은 북한대로 지도자를 모욕한 남조선 기업인을 우발적으로 살해했다는 명분을 얻을 수 있었다.

그것이 살인 사건을 계기로 개성 공단을 향해 쏟아지는 강경파들의 공세를 차단시킬 수 있는 최선의 지점이었다. 최소의 희생으로 여러 사람이 행복해질 수 있는 결론을 낸 것이다.

하지만 강민규는 그 사이에서 미심쩍은 점들을 발견했다. 일단 공혁수는 범인이 될 수 없었다. 둘이 싸운 게 사실이라면 그렇게 쉽게 문을 열어 주고 등을 보일 리가 없었고, 싸운 흔적이 남아 있어야만 했다. 백영희의 말대로 주변의 눈을 속이기 위해서 둘이 그냥 싸운 척을 했다면 위험을 무릅쓰고 숙소로 찾아오지는 않았을 것이다.

거기다 알리바이도 확실했다. 남측 사람들을 제외한 나머지 북한 근로자들은 모두 알리바이가 있었다. 여러 가지 상황을 고려하면 공장 안에 있던 사람 중에 살인범이 있는 게 분명했는데, 다들 알리바이 뒤로 숨어 버렸다. 백영희가 법인장과 깊은 관계였다는 사실이 밝혀지긴 했지만 정황상 살인자로 보기에는 무리였다.

대한민국이었다면 CCTV나 블랙박스의 도움으로 어렵지 않게 범인을 찾아냈겠지만, 개성 공단에서는 오직 관계자들의 이야기만으로 범인을 찾아내야만 했다. 오재민 소좌는 공혁수를 범인으로 몰아서 수습하려는 중이고, 아마 남북 간의 막후 협상으로 마무리 지어질 가능성이 높았다.

하지만 그것은 진실이 아니었다. 아마 다양한 음모론이 인터넷에 떠돌 거고, 그는 빼놓지 않고 주요 등장인물로 자리매김할 것이다.

골치 아파진 그는 유순태가 쓰던 침대에 벌렁 누웠다. 무엇보다 문제가 되는 건 죽은 유순태의 정체였다. 백영희의 얘기 속에 등장하는 그는 젊은 북한 여자에게 빠져서 공장의 원자재를 빼돌리는 일에 가담한 한심한 인물이었다.

하지만 김재천 과장의 이야기 속에 등장하는 유순태는 북한을 내부에서 붕괴시키는 임무를 맡은 국정원 요원이었다. 물론 창고의 물건들을 빼돌리는 일에 가담시키기 위해서 지어낸 거짓말일 수 있지만 그만큼 복잡한 인물이라는 것을 의미했다. 어쩌면 그 복잡함이 살인을 불러왔을지도 몰랐다.

침대 시트까지 없어진 상태라 매트리스만 남은 침대 위를 뒹굴거리던 강민규는 유순태가 죽은 모습 그대로 침대에 엎드렸다. 잠시 숨을 고르던 그는 벌떡 일어났다. 사건의 핵심으로 들어갈 만한 중요한 단서를 찾아낸 것이다. 하지만 그걸 확인하기 위한 절차가 필요했다.

침대에서 일어난 강민규는 곧장 거실로 나가 전화기를 들었다. 신호음이 몇 번 울리고 상대방이 전화를 받았다.

"미스 황? 오늘도 출근했네?"

― 사무실 정리하러 나왔어요. 김 사장님이 다음 주까지 사무실 비우라고 했거든요.

그 얘기는 더 이상 뉴욕 탐정사무소가 존재하지 않게 된다는 것을 의미했다. 보금자리가 없어진다는 뜻이었지만 먼저 해결해야 할 문제가 있었다.

"내가 좀 있다가 팩스 한 장 보낼게. 거기에 적혀 있는 연락처로 전화해 봐."

― 휴일 근무면 초과 수당 지급해야 하는 거 아시죠?

"담배 어때? 피우는 거로 한 보루."

― 거기 담배 싼 거 알고 있어요. 그냥 돈으로 주세요.

"오케이. 좀 있다 보낼 거니까 적힌 대로 처리해 줘. 보내고 전화할게."

― 알았어요. 근데 개성 공단에서 전화한 거 맞아요? 해외 번호로 떠서 보이스 피싱인 줄 알았어요.

"외국보다 더 먼 곳이긴 하지. 암튼 수고."

서둘러 전화를 끊은 강민규는 1층 사무실로 내려가는 동안 문구를 생각했다. 전화로 얘기하려고 했지만 도청이 되고 있을지도 모르기 때문에 일단 팩스를 쓰기로 했다. 요즘 팩스를 쓰는 곳은 많이 줄었지만 다행히 뉴욕 탐정사무소에서는 한 대가 있었다.

압수를 당한 회사 사무실은 어수선했다. 하지만 팩스나 전화기는 그대로 남겨져 있었다. 북한 사무원들이 구석에 모여서 얘기를 나누다가 그가 나타나자 곧장 밖으로 나갔다.

강민규는 A4 용지를 한 장 찾아서 사인펜으로 글씨를 적은 다음에 구석에 있는 팩스 앞에 섰다. 그리고 버튼을 눌러서 팩스를 보냈다. 낮은 신호음이 들리고 팩스가 전송된 것을 확인한 강민규는 곧장 사무실에 있는 전화기를 들었다. 아까처럼 전화를 받은 미스 황에게 물었다.

"갔어?"

- 방금 들어왔어요. 이대로만 하면 되는 거예요?

"응. 급한 거니까 빨리 처리해 줘."

- 근데 일요일이라 이쪽이 전화를 받을까 모르겠어요.

"그래서 휴대폰 번호를 적었잖아. 한 시간 있다가 전화할게. 끝나면 내가 불러 준 팩스로 적어서 보내."

- 귀찮은데 이메일이나 문자로 보내면 안 돼요?

"이 동네는 휴대폰이랑 인터넷이 다 안 돼."

- 정말이요? 그럼 어떻게 일해요?

"지금처럼."

짤막하게 대꾸하고 전화를 끊은 강민규는 텅 빈 사무실을 돌아봤다. 이 부장이랑 홍 과장은 관리 위원회로 갔는지 보이지 않앉다. 팩스가 오는 것을 기다리는 동안 확인해야 할 게 한 가지 있었다. 텅 빈 사무실을 나온 강민규는 공장 밖으로 나왔다.

* * *

아직 점심 전인지 거리는 한산했다. 외곽으로 가야 해서 철제 펜스가 처져 있는 외벽 쪽을 따라 걸어야만 했다. 외벽과 맞닿아 있는 학교 건물의 벽에는 붉은색으로 지도자 동지를 따르자는 글씨가 적혀 있었다. 개성 공단을 감시하는 외곽 초소에선 작은 체구의 북한 병사가 그를 내려다봤다.

근엄한 표정으로 내려다보던 북한 병사가 그를 놀라게 하려고 했는지, 갑자기 들고 있던 56식 자동 보총의 노리쇠를 거칠게 잡아당겼다. 하지만 강민규는 그쪽은 쳐다보지도 않고 발걸음을 옮겼다.

그가 향한 곳은 개성 공단의 북한 근로자들을 태우고 다니는 셔틀버스들이 모여 있는 주차장이었다. 대한민국에서 사용하는 버스를 그대로 가져와서 낯설지 않았다. 일요일이라서 사람이 없을 줄 알았는데 다행히 구석에서 버스를 고치고 있는 북한 수리 기사들이 보였다. 위아래가 붙은 작업복 차림의 북한 수리기사들이 강민규를 보고는 자기들끼리 수군거리다가 한 명이 사무실로 뛰어갔다.

잠시 후, 사무실에서 누군가 밖으로 나왔다. 하얀 피부에 덩치가 커서 한눈에 봐도 대한민국 사람으로 보였다. 북한 수리기사들이 강민규를 보고는 따로 부른 모양이었다. 찢어진 청바지와 티셔츠 차림에 앞이마가 벗겨진 길쭉한 얼굴을 한 상대방이 의아한 표정으로 물었다.

"어떻게 오셨습니까?"

질문을 받은 강민규는 입고 있는 회사 점퍼에 박힌 로고를 손가락으로 가리기면서 대답했다.

"원 실업에서 일하는 강민규 과장이라고 합니다. 어제 우리 회사 직원이 셔틀버스에 치여서 중상을 입는 사고가 있었습니다."

"아! 그 일이요."

대뜸 얼굴을 찡그린 상대방이 입맛을 다셨다. 그러고는 북한 수리기사들을 힐끔 바라봤다.

"사무실로 들어가서 얘기하시죠."

가건물로 만들어진 사무실은 텅 비어 있었다. 길게 하품을 하면서 기지개를 켠 그가 말했다.

"제 소개가 늦었군요. 민치우라고 합니다. 관리 위원회 정비과를 맡고 있죠."

"북한 사람들이랑 일하기는 어떻습니까?"

"똑똑하긴 한데 자존심도 세고 어찌나 물건들을 잘 훔치는지 모르겠어요. 다음 달까지 일하기로 해서 꾹 참는 중이죠."

"어제 사고에 대해서 좀 알고 싶어서 왔습니다."

사무실을 쭉 살펴본 강민규의 말에 컴퓨터가 놓인 책상 쪽으로 걸어간 민치우가 물었다.

"정확하게 알고 싶으신 게 뭔가요?"

"회사에서 보험 처리를 하는데 보험회사에서 자꾸 귀찮게 하나 봐요. 정확한 진술서를 제출해 달라고 해서 휴일에 이 난리지 뭡니까."

"저도 작년에 접촉사고 났을 때 그런 적 있어요. 쓰레기 같은 놈들이죠."

"그래서 대략이나마 정황을 알아야 할 거 같아서 왔습니다."

"잠시만요."

얘기를 들은 민치우가 자기 자리로 돌아가서 컴퓨터 모니터를 들여다봤다. 마우스를 몇 번 클릭하던 그가 강민규를 바라봤다.

"231호 차입니다. 시범 단지에서 제2공단, 관리 위원회를 경유하는 루트로 운행합니다."

"운전기사들은 전부 북한 사람들이죠?"

"그럼요. 누가 여기까지 와서 북한 사람들 태우고 다니겠어요."

"그럼 231호 차 운전수도 북한 사람이겠네요."

"맞아요. 가만있자."

모니터를 한참 들여다보던 민치우가 고개를 들고 대답했다.

"이광렬 씨가 운행했네요."

"잠깐 만나 볼 수 있을까요? 당시 정황에 대해서 좀 들어 보라는 지시를 받아서요."

강민규의 부탁에 민치우가 고개를 갸웃거렸다.

"사실 북한 운전수가 북한 사람을 친 거라 우리가 나설 일은 아닙니다. 사고 경위서를 쓰라고는 했는데, 잠시만요."

서랍을 열어서 뒤적거리던 민치우가 결재 파일 안에 있던 종이를 꺼내서 내밀었다.

"이겁니다. 읽고 돌려주십시오."

"감사합니다."

종이를 받은 강민규는 사무실 가운데 있는 소파에 엉덩이를 붙였다. 종이에는 이광렬이라는 운전기사가 공혁수를 버스로 친 과정과 그 후의 처리 과정에 대한 얘기가 나와 있었다. 천천히 두 번 정도 읽던 강민규는 머릿속으로 당시 정황을 떠올려 봤다. 그리고 어긋나는 점을 찾아냈다.

경위서를 다시 한 번 천천히 읽어 본 강민규는 종이를 돌려주면서 조심스럽게 물었다.

"이분 만나서 잠깐 얘기를 들어 볼 수 있습니까?"

"오늘 휴일인데 당연히 안 나왔죠."

"통화라도 할 수 있을까요? 사장님이 내일 아침까지 보고하라고 해서요."

민치우는 잠시 주저하다가 의자에서 일어났다.

"오늘 출근한 북한 운전수들한테 물어보죠."

"수리기사들이 아니었습니까?"

"북한 운전기사들은 모두 자동차 수리를 할 줄 알아서 자기 차는 자기가 고칩니다."

강민규는 문을 열고 나간 민치우의 뒤를 따라 밖으로 나왔다. 한 손을 청바지 주머니에 찔러 넣은 채 걸어간 민치우가 셔틀버스 주변에 모여 있던 북한 운전수들에게 다가갔다.

"황 반장님! 이광렬 선생 어디 있어요?"

그러자 머리가 크고 주먹코를 가진 북한 운전수가 고개를 돌렸다.

"광렬이요? 집에 있겠죠."

시큰둥한 황 반장의 대답에 민치우가 뒤에 서 있는 강민규를 가리켰다.

"통화 같은 거 할 수 있는 방법 있어요? 어제 사고 난 회사에서 사람이 왔는데 얘기를 좀 들어 보고 싶다고 해서요."

민치우의 얘기를 들은 황 반장과 북한 기사들은 자기들끼리 머리를 대고 수군거렸다. 강민규는 얘기를 들은 황 반장이 순간적으로 보인 난감한 표정과 몸짓을 봤다. 뭔가 말 못 할 사정이 있다는 점을 어렵지 않게 간파할 수 있었지만, 짐짓 모른 척했다. 잠시 후 얘기를 마친 황 반장이 두 사람에게 말했다.

"광렬이가 얼마 전에 이사를 가서 전화를 놓지 못했을 겁니다."

남조선 사람들에게 약점을 보이고 싶지 않아서 거짓말을 한다는 것쯤은 어렵지 않게 간파할 수 있었다. 하지만 그렇게 얘기한 이상 더 캐물을 수가 없었다. 민치우가 난감한 표정으로 그를 바라봤다. 강민규는 괜찮다는 뜻을 담은 웃음을 보여 줬다. 그리고 황 반장을 바라봤다.

"내일은 월요일이니까 출근하죠? 다시 들르겠습니다."

"어, 내일은 일이 있어서 못 나올 겁니다."

옆에 있던 민치우는 황 반장의 말에 놀란 표정을 지었지만, 어느 정도 예상한 강민규는 짐짓 아무것도 모른 척 다시 물었다.

"그럼 언제쯤 오면 만날 수 있을까요? 사고 관련해서 물어볼 게 좀 있어서요."

집요한 질문에 황 반장은 얼굴을 찌푸렸다.

"난 잘 모르겠어요. 나오면 민 선생한테 얘기해 드리겠습니다."

황 반장이 더 이상 얘기를 나누지 않겠다는 듯 등을 돌리고 동료들을 바라봤다. 한쪽 눈을 찡그린 민치우에게 슬쩍 눈짓을 한 강민규는 사무실로 돌아갔다. 뒤따라 들어온 민치우가 문을 닫자마자 욕설을 퍼부었다.

"빌어먹을 빨갱이 새끼들! 멋대로 근태를 조정해?"

"우리 공장이랑 비슷하네요."

"내가 이 꼴을 보기 싫어서 때려치우는 겁니다. 지난번에는 선생이라고 안 불렀다고 어찌나 지랄을 해 대는지."

"근데 운전기사가 이렇게 안 나올 때도 있나요?"

"뭐, 운행만 제때 되면 아무 상관 없긴 하죠. 근태는 터치를 못 하게 돼 있긴 해서요."

"이렇게 갑자기 관두는 경우가 종종 있었습니까?"

"아이구, 쟤들 여기 들어오려고 얼마나 애를 쓰는데요. 뭔가 사고를 쳤나 보네요."

대략 그림이 그려진 강민규는 화를 참지 못하는 민치우를 다독거리고는 사무실을 빠져나왔다. 아까 보였던 북한 운전기사들은 어디로 사라져 버렸는지 보이지 않았다. 공혁수를 친 운전기사는 갑자기 종적을 감춰 버렸고, 그가 쓴 경위서에서는 미심쩍은 점이 발견됐다. 그것이 무엇을 의미하는지는 어렵지 않게 눈치챌 수 있었다.

주차장을 벗어나면서 강민규는 쓴웃음을 지으면서 중얼거렸다.

"어떻게 이렇게 남북이 똑같을 수 있지?"

* * *

돌아오는 길에 CU 편의점에 들른 강민규는 도시락으로 점심을 해결했다. 천천히 걸어서 공장에 돌아오자 대략 점심시간쯤 됐다. 잔업을 마친 직원들은 삼삼오오 공장을 빠져나가는 중이었고, 나머지는 구석에서 배구를 하거나 담배를 피웠다. 그들 사이에서 커피를 마시고 있는 백영희의 모습을 확인한 강민규는 사무실로 들어갔다.

사무실도 텅 비어 있었다. 구석에 있는 팩스를 살펴본 강민규는 전화기를 집어 들고 버튼을 눌렀다. 잠시 후, 통화대기음이 사라지고 미스 황의 목소리가 들렸다.

— 여보세요?

"응, 내가 알아보라고 한 거는?"

— 방금 팩스 보내려고 했어요. 잠깐만요.

전화기 너머로 팩스의 버튼을 누르는 경쾌한 소리가 들려왔다.

— 지금 보냈어요.

"내가 확인하라고 한 거는 다 했어?"

— 그 전화번호로 전화를 했더니 계속 안 받더라고요. 마지막으로 했더니 끊기 전에 겨우 받아서 얘기했어요.

"그랬더니?"

- 결과는 팩스를 보세요. 이제 더 시키실 거 없죠?

미처 대답을 하기도 전에 전화가 끊기고 말았다. 전화기를 내려놓은 그는 팩스를 바라봤다. 삑 하는 소리와 함께 받침대에 있던 종이가 팩스 안으로 빨려 들어갔다. 나오기만을 기다리고 있던 그의 귓가에 사무실 문이 덜컥하면서 열리는 소리가 들렸다. 고개를 돌리자 오재민 소좌가 들어서는 것이 보였다. 최대한 자연스럽게 팩스 앞을 가로막은 채 돌아선 강민규가 태연스럽게 물었다.

"밥 먹었어?"

"일이 바빠 죽겠는데 밥 먹을 틈이 어디 있겠어."

"다 먹고살자고 하는 건데 적당히 해."

"그런데 아까 어디 갔다 온 거야?"

오재민 소좌의 물음에 강민규는 어깨를 으쓱거렸다.

"그냥 바람 좀 쐬고 왔어. 내일이면 돌아간다고 생각하니까 갑자기 한 바퀴 돌고 싶어지더라고."

"거듭 얘기하지만 이번 사건에 대한 조사는 공식적으로 종료됐어. 그러니까 괜히 분란 일으키지 마."

"뭐, 마음에 안 들지만 따라야지 어떡하겠어."

"잘 생각했어."

만족스러운 웃음을 지으면서 돌아서려던 오재민 소좌는 팩스에서 종이가 나오는 소리를 듣자 표정이 살짝 굳어졌다.

"뭐야?"

"모르겠어. 아까 본사에서 팩스를 하나 보내니까 잘 받으라고 전화가 와서 말이야."

들킬까 봐 걱정스러워진 강민규는 방금 들어온 종이를 꺼내서 읽는 시늉을 했다. 다행히 오재민 소좌는 별다른 의심 없이 넘어갔다. 오재민 소좌가 밖으로 나가자 한숨을 돌린 강민규는 방금 들어온 팩스를 확인했다. 미스 황 특유의 악필로 적은 내용들을 차분하게 읽은 강민규는 종이를 접어서 주머니에 넣었다. 마지막 퍼즐을 맞출 내용까지 확인이 됐지만 섣불리 풀어 갈 수는 없었다.

사무실 밖으로 나온 강민규는 3층에 있는 남측 직원 숙소로 올라갔다. 자신의 방으로 들어간 강민규는 문을 닫고 침대에 걸터앉았다. 어떤 방식으로 풀어야 하나 하고 고민하고 있는 와중에 벌컥 문이 열렸다.

"누구야."

무심코 고개를 돌리던 강민규는 상대방이 덤벼들면서 바닥에 나뒹굴고 말았다. 바닥에 쓰러진 강민규를 올라타고 목을 조르던 상대방이 욕설을 퍼부었다.

"이 새끼! 너 때문에 다 망치고 말았어!"

이성을 잃은 원종대 사장의 손에 힘이 잔뜩 들어갔다. 강민규는 원종대 사장의 목젖을 후려쳤다. 숨이 막힌 그가 컥컥대면서 옆으로 넘어졌다. 한숨 돌린 강민규는 겨우 몸을 일으켰다. 바닥에 누운 원종대 사장이 넋두리를 쏟아 냈다.

"내가 사건을 해결하라고 했지, 회사 문을 닫으라고 했냐? 너 때문에 난 망했다."

뻐근해진 목덜미를 몇 번 누른 강민규는 서랍에서 담배를 꺼내서 원종대 사장에게 건넸다. 한 개비를 꺼낸 원종대 사장이 주머니에서 라이터를 꺼내서 불을 붙였다. 침대에 걸터앉아서 담배를 피우던 원종대 사장이 두 손으로 머리를 마구 헝클어 버렸다.

"대체 어떻게 돌아가는 거야?"

"그걸 왜 사장이 직원한테 물어봅니까? 처음에 사고 났을 때 바로 올라와서 수습했으면 이렇게까지 일이 커지지 않았잖아요."

주먹다짐을 할 각오를 하고 쏘아붙였지만 원종대 사장은 뜻밖에도 선선히 고개를 끄덕거렸다.

"올라가면 끌려간다는 얘기가 들려서 말이야."

속으로 겁쟁이라고 중얼거린 강민규가 물었다.

"그리고 유순태 씨가 왜 국정원 요원이라는 걸 숨겼습니까?"

"국, 국정원이라니?"

놀란 원종대 사장이 문을 힐끔 쳐다보면서 반문했다.

"유순태 씨가 자기를 국정원 요원이라고 하면서 원자재 빼돌리는 일을 했습니다. 모르셨어요?"

"그게 사실이야? 금시초문인데."

강민규는 의자에 앉아서 차근차근 얘기를 들려줬다.

"옆 공장 김재천 과장한테 그렇게 얘기했답니다. 그러면서 그쪽 공장 창고 물건들을 빼내서 채우는 식으로 횡령을 한 겁니다."

"국정원 요원이라면서 그딴 짓을 왜 했대?"

"국가를 위해서였답니다. 정말 모르셨어요?"

원종대 사장이 어처구니가 없다는 표정으로 물었다.

"내가 그걸 알았다면 널 여기로 보냈겠어?"

"하긴······."

강민규는 쓴웃음과 함께 중얼거렸다. 군 수사관 시절 기무사나 국정원 요원들을 자주 보긴 했지만 이렇게 허술하게 정체를 밝히는 경우는 드물었다. 담배를 깊게 한 모금 빤 원종대 사장이 덧붙였다.

"내 밑에 직원이 국정원 요원이면 난 여기서 공장 운영을 못한다고."

"저도 그렇게 생각합니다. 그런데요."

강민규는 짙은 담배 연기 너머로 보이는 원종대 사장에게 물었다.

"절 여기 보낸 이유가 뭡니까?"

"문제를 해결하라고 한 거잖아."

"저도 여기 오자마자 유순태 법인장이 문제의 핵심인 걸 알았습니다. 그런데 명색이 사장이라는 사람이 그것도 몰랐습니까? 거기다 제가 경고했는데도 무시했잖아요."

"그건 상황이 상황이다 보니……."

"법인장이 재고 처리를 못 하는 것도 모자라서 국정원 요원이라고 떠들고 다니는 걸 전혀 몰랐다고요? 제가 며칠 동안 조사해서 알아낸 걸 몇 년 동안 함께 일했으면서 몰랐다고 하는 건 전혀 이해가 가지 않습니다. 사실대로 얘기해 주지 않으면 돌아가서 기자들한테 다 얘기해 버릴 겁니다."

"야!"

"약속한 돈도 안 줄 거고, 어차피 끝난 사이잖아요."

담배 연기를 사이에 두고 한동안 눈싸움이 이어졌다. 사건을 조사하면 할수록 유순태에 대한 궁금증만큼이나 커진 것이 바로 원종대 사장의 속마음이었다.

자신에게 많은 보수를 약속하면서까지 재고 관리에 신경을 썼는데, 정작 눈에 띄게 의심스러운 법인장에 대한 처리는 미뤘다. 심지어 그가 손을 떼겠다는 극단적인 발언까지 했지만 계속 법인장을 감싸고 두둔했다. 손에 든 담배가 계속 타들어 가자 원종대 사장이 일어섰다.

"물 좀 마시고 올게."

* * *

그가 밖으로 나간 후에 강민규는 책상에 기댄 채 생각에 잠겼다. 시작부터 의문투성이의 사건이었지만, 살인만 아니었다면 그냥 넘어갈 법했다. 눈을 감고 생각에 잠겨 있던 그가 중얼거렸다.

"모든 가능성이 실패로 돌아갔을 때 그래도 남는 것이 아무리 불가능해 보이더라도 진실이다."

"셜록 홈즈가 한 얘기군!"

귀에 익은 목소리에 깜짝 놀란 강민규가 눈을 뜨자, 반쯤 열린 문 너머로 오재민 소좌의 모습이 보였다. 문을 밀고 안으로 들어온 오재민 소좌가 씩 웃었다.

"놀라긴, 공화국에서도 셜록 홈즈 책이 나온 적이 있다고 했잖아."

"여긴 어쩐 일이야?"

"자네가 끝까지 포기를 하지 않아서 말이야."

오재민 소좌가 침대에 걸터앉으면서 얘기하는데 원종대 사장이 들어왔다. 두 사람이 서로 눈인사를 나누는 것을 본 강민규는 쓴웃음을 지었다.

"서로 아는 사이였군."

강민규의 물음에 오재민 소좌가 선선히 대답했다.

"2년쯤 됐지."

"이건 생각도 못 했는데, 이렇게 밝혀도 되는 건가?"

"어제 원종대 사장이 전화로 한참 하소연을 해서 더 이상 감출 수 없다는 생각이 들었어."

"호위총국 소좌랑 개성 공단에 입주한 공장 사장이랑 아는 사이라니, 그림 잘 그려지네."

"그 그림을 가리기 위해서 많은 노력을 했지. 너도 그 가림막 중 하나였는데 일을 너무 잘했다는 게 문제였어."

"난 항상 기대치를 넘어서거든. 유순태의 진짜 정체가 뭐야? 어설프게 국정원 요원 흉내 내는 사기꾼인가?"

강민규가 묻자 오재민 소좌가 어깨를 으쓱거렸다.

"정식 국정원 요원은 아니었어. 공화국과 남조선은 개성 공단에 정보원을 상주시키지 않기로 비공식 협정을 맺었거든."

"그럼 넌?"

"난 개성 공단에 상주하지 않아. 지금처럼 일이 있을 때 들어오는 거지. 그리고 들어오면서 관리 위원회에 통보를 하게 돼 있어. 그럼 자동으로 남조선 국정원에서도 알게 되지."

"적과의 동침인가?"

"정보를 다루게 되면 앞의 적뿐만 아니라 뒤에도 적이 생기게 돼 있지. 정보는 불온하니까."

"그런 줄 몰랐는데 제법 철학적이군. 그러니까 유순태는 국정원 요원은 아니지만 협력하는 사이라 이거지? 반전에 반전을 거듭하는군."

강민규의 얘기를 들은 오재빈 소좌가 원종대 사장을 힐끔 보고는 입을 열었다.

"정확하게는 북남 간에 무력 충돌을 막기 위해 만들어진 비공식 핫라인의 연결 고리였지."

"그럼 백영희는 북측 연락책이었겠군. 둘이 연인 관계라고 한 건 지금처럼 들통이 났을 때 꺼낼 변명거리였고 말이야."

"역시 머리가 잘 돌아가는군. 맞아. 둘 사이를 그렇게 만들어 버리면 주변에서는 엮이기 싫어서 발을 빼거든. 그건 어떻게 눈치 챈 거야?"

"백영희가 먼저 얘기를 꺼냈으니까, 감춰야 할 비밀을 너무 허술하게 털어놨어."

"정식으로 교육을 받지 못해서 그런 실수를 한 거지."

"그나저나 그 비공식 핫라인은 왜 만든 거야? 뉘앙스를 보니까 지도부의 의중은 아닌 거 같은데?"

오재민 소좌는 대답 대신 원종대 사장을 바라봤다. 두 손을 깍지 낀 채 침대에 걸터앉아 있던 원종대 사장이 작은 한숨과 함께 입을 열었다.

"개성 공단이 만들어지면서 남과 북이 함께할 일이 많아졌어. 그러면서 전쟁은 피해야 한다는 공감대가 형성됐지. 하지만 이 개성 공단만 해도 두 번이나 폐쇄됐고, 불씨는 여전히 남아 있다네. 그래서 양쪽의 뜻이 맞는 사람들끼리 비공식적으로 핫라인을 구축하기로 했지. 뜻하지 않은 무력 충돌을 막기 위해서 말이야."

"말이 비공식 핫라인이지, 내통이나 다름없는 거 아닙니까?"

"나는 평생을 장사꾼으로 살아왔네. 돈 한 푼 앞에서 벌벌 떨었지. 그런데 개성 공단에 들어와 보니까 돈보다 더 중요한 게 있다는 걸 알았다네."

"무척 감동적이네요."

"개성 공단을 눈엣가시처럼 생각하는 극우 세력들은 전단 살포를 비롯한 여러 가지 방법을 써서 긴장감을 부추기고 있어. 북풍회 같은 탈북자 조직들도 호시탐탐 기회를 노리고 있고 말이야. 남북 간에 또다시 전쟁이 벌어지는 걸 막아야 한다면 움직이는 수밖에는 없지."

원종대 사장의 얘기를 들은 강민규는 오재민 소좌를 바라봤다.

"한국이야 그렇다 치고, 북한에서는 대체 무슨 생각으로 이 핫라인 설치에 동의한 거야?"

"동의한 적은 없어. 공식적으로는 말이야. 단지 받은 메시지를 전달하는 거지."

"어디로?"

"공화국에도 내일을 생각하지 않는 강경파가 많아. 그들은 끊임없이 지도자 동지에게 거짓 정보나 잘못된 보고를 하고 있지. 남조선에서 오는 메시지를 확인해서 그걸 막는 역할을 하고 있어."

"성과는 있었고?"

"얼마 전에 군부에서 서해안 지역에 무력 도발을 하려고 한 것을 막았지. 반대로 남조선에서는 전단 살포를 하려고 했던 것을 멈췄고 말이야."

"설치한 이유는 알겠는데 왜 하필 개성 공단인데?"

"양측이 자연스럽게 만날 수 있는 장소니까. 전화나 통신수단은 도청의 위험이 있어."

"결국 사람이 직접 전달하는 게 가장 안전하다 이거야?"

"효과적이기도 하지. 유순태에게서 받은 메시지는 백영희를 거쳐서 나에게 와. 그리고 내가 그걸 평양으로 가지고 가. 느리긴 하지만 도청당할 위험이 없지."

"그럼 유순태의 죽음은 그 비공식 핫라인의 존재를 아는 세력의 소행으로 봐도 무방하겠군."

"그럴 가능성이 높아."

"그런데 왜 하필 개성 공단 안에서 일을 저질렀지? 너무 부담이 크잖아."

"북남의 강경파들에게 개성 공단은 눈엣가시 같은 존재거든. 어떻게든 흠집을 잡아서 없애고 싶어 하고 있어. 그런 상황에서 남조선 기업인이 죽고, 공화국 주민이 범인으로 지목되면 일이 걷잡을 수 없게 커질 수밖에 없어."

"그런데 왜 날 체포한 거야?"

"현장에서 가장 눈에 띈 게 바로 너였으니까, 거기다 경력도 화려했고, 유순태랑 치고받기까지 했으니까 딱이었지."

"그래서 초반에 날 체포했군."

강민규가 쏘아보자 오재민 소좌는 가볍게 웃었다.

"어떻게든 일이 커지는 걸 막는 게 우선이었으니까, 덕분에 시간은 벌 수 있었지만 네가 날뛰면서 상황이 복잡하게 돌아갔지."

"처음부터 얘기해 줬으면 얌전히 있다가 돌아갔을 거야. 그나저나 날 여기로 보낸 건 눈속임용이었나?"

"원종대 사장의 제안이었어. 마침 군 수사관을 하다가 잘린 친척이 있다고 해서 말이야."

"무슨 얘긴지 다 이해가 가는데 말이야. 의문이 하나 남아 있어. 만약 유순태가 비공식 핫라인의 연결책이라는 중요한 임무를 맡았다면 눈에 띄지 말았어야 하잖아. 그런데 북한 사람이랑 손잡고 공장 물건을 빼돌리는 일을 했어. 말리든지 막았든지 해야 하는 거 아니었나? 그런데 손도 못 쓰고 나를 여기로 보내는 모험을 택한 이유가 뭐야?"

작은 헛기침을 한 원종대 사장이 조심스럽게 입을 열었다.

"나도 법인장이 왜 그런 짓을 했는지는 잘 모르겠어. 몇 번이고 위험하다고 타일렀지만 늘은 척도 안 하더군. 그렇다고 내보낼 수는 없었고 말이야. 그래서 자넬 보낸 거야. 그러면 내 뜻을 알아듣고 조용히 지낼 거라고 믿었지."

"그런데 오히려 저를 국정원 요원이라는 소문을 내서 쫓아 버리려고 했어요."

"그 얘기를 듣고 뭔가 단단히 잘못 돌아간다는 생각이 들었네. 그런 와중에 덜컥 사고가 나 버리는 바람에 올라오지 못했어. 만약 핫라인의 존재를 아는 쪽에서 저지른 짓이라면 제 발로 함정에 걸어 들어가는 꼴이잖아."

"그래서 일단 공혁수를 범인으로 몰아서 사건을 수습하려고 했군요. 그자도 가담한 겁니까?"

강민규의 물음에 오재민 소좌가 대답했다.

"유순태와 백영희의 가짜 연인 관계를 진짜로 착각하고, 그걸 이용해서 자기 욕심을 채운 거야."

"이봐, 더 이상 거짓말을 하면 나도 아는 걸 들려주지 않겠어."

"그게 무슨 소리야?"

"그자를 이용해서 꼬리 자르기를 시도한 거 다 알아. 도망치는 척하다가 차에 살짝 부딪쳐서 병원에 실려 가는 거로 마무리하려고 했던 건 네 아이디어였어?"

"말도 안 되는 소리 하지 마."

"아까 셔틀버스 주차장에 갔어. 사고가 났을 때 운전수는 현장 근처에 오지도 않았는데, 경위서에는 개성 공단 병원이 아니라 개성 인민 병원으로 갔다고 적어 놨더군. 거기다 그 친구도 종적을 감췄고 말이야."

강민규의 얘기를 들은 오재민 소좌가 입맛을 다셨다. 그런 상대방에게 강민규가 단호하게 말했다.

"양쪽 다 시간이 없어. 비공식 핫라인의 존재를 아는 자가 살인을 저질렀다면 조만간 터트리고 말 거야. 그 전에 막아야 하지 않겠어? 남과 북 모두를 위해서 말이야."

벌떡 일어난 오재민 소좌는 방을 몇 바퀴 돌면서 생각에 잠겼다. 그러고는 강민규를 바라봤다.

"예리하군. 공혁수가 조절 위원회의 돈주라는 사실을 눈치채고 거래를 했지. 뒤집어쓰고 사라지면 처벌하지는 않겠다고 말이야."

"그러니까 조절 위원회인 공혁수가 8.3 부부로 위장하고 있던 유순태에게 접근해서 물건을 빼돌린 거로 정리하려고 한 거군. 처벌받는 건 공혁수와 백영희고, 조절 위원회가 날아가지만 비공식 핫라인의 존재는 감출 수 있고 말이야."

"맞아. 그게 가장 상처를 덜 받는 결론이니까."

"그래서 일부러 사람들 앞에서 범인으로 몰았군. 그리고 도망을 치다가 사고가 나면, 당연히 범인이라고 생각하고 넘어간다는 것도 계산했군."

"마지막에 그 사고 빼고는 시나리오대로 진행됐지. 허술한 부분이 없진 않았지만 다들 어서 범인이 잡히기를 바랐기 때문에 두루뭉술하게 넘어갔고 말이야. 그런데 셔틀버스 기사가 속도를 늦추지 못하는 바람에 생각보다 크게 다친 거지."

"늦추지 못한 거야? 아니면 늦추지 말라고 한 거야?"

"사실 셔틀버스 기사도 공혁수와 함께 개성 공단 물건을 밖으로 빼돌리는 일을 하던 친구였어. 죽이는 게 편하긴 하지만, 개성 공단 안에서 자꾸 사람이 죽으면 곤란해지거든."

"결국 범인 찾는 일 대신 사건을 덮는 데만 열중했군."

"한 사람의 죽음보다 비밀을 지키는 게 더 중요했으니까."

"그럼 범인은 대체 누구야? 공장 안에 있던 사람들은 모두 알리바이가 있었어."

"개인적으로는 남측 직원 중에 범인이 있다고 믿어."

"뭐라고?"

"아마 북풍회의 사주를 받은 자의 소행이겠지."

"믿기지 않아."

"당연히 그러겠지. 하지만 나도 우리 공화국 인민들이 범인이라고 믿고 싶지 않아. 어차피 공장은 폐쇄될 거고 남측 직원들은 모두 돌아갈 거니까, 수습은 된 셈이지. 궁금하면 남조선으로 돌아가서 범인을 찾아보라고, 힌트는 줄 수 있어."

"어떤 힌트?"

"이말자 여사."

"그 아주머니는 왜?"

"15년 전, 개성 공단을 만들 때 남조선 공병대에서 지뢰 제거랑 도로 개설 작업을 했어. 그때 사고가 나서 공병 한 명이 사망했는데 바로 이말자 여사의 막내 남동생이었지. 몇 년 전에 개성 공단 반대 집회에 참석했던 적도 있었고 말이야."

"그것만 가지고는 부족해."

"시신을 맨 처음 발견했다는 점도 그렇지. 원래 첫 번째 목격자가 제일 유력한 용의자잖아. 거기다 사건이 벌어지자마자 바로 남쪽으로 내려가 버린 것도 그렇고."

오재민 소좌의 말이 끝나자 원종대 사장이 덧붙였다.

"내려와서 퇴직금도 받으러 오지 않고 종적을 감췄다."

"막내 남동생의 복수극이라 이 말이군요."

원종대 사장은 대답 대신 고개를 끄덕거렸다. 강민규는 고개를 절레절레 저으면서 오재민 소좌에게 얘기했다.

"복잡한 실타래 같군."

"거기다 살인이 더해져서 실타래가 끊어져 버렸지. 관련된 사람들은 모두 진실을 숨기기에 바빴고 말이야."

"그나저나 공징은 왜 압수 수색을 한 거야?"

"공혁수를 범인으로 몰면서 우리 쪽에 불만이 생겼어. 그래서 그걸 무마하기 위해서 일부러 압수 수색을 한 거야."

"그럼 앞으로 공장은 문을 닫겠네. 핫라인도 끊기고?"

"이 보 전진을 위한 일 보 후퇴라고 해 두지."

오재민 소좌와의 얘기가 끝나자 원종대 사장이 나섰다.

"본의 아니게 고생을 시켰군. 돌아가는 대로 약속한 보수의 절반을 주도록 하지. 대신 여기서 보고 들은 건 모두 비밀로 해 주게."

"절 믿으십니까?"

"이 비공식 핫라인에는 생각보다 많은 사람이 직간접적으로 발을 담그고 있네. 발설하지 않는 게 좋을 거야."

원종대 사장의 얘기에 방 안은 무겁고 차가운 침묵이 흘렀다. 침대에 걸터앉아 있던 오재민 소좌가 일어나서 그에게 손을 내밀

246

었다. 주저하던 강민규는 손을 들어서 악수를 나눴다. 옆에 있던 원종대 사장이 이마에 흐르는 땀을 닦았다.

* * *

원종대 사장이 목이 마르다며 밖으로 나간 이후에 방에는 강민규와 오재민 소좌만 남았다. 오재민 소좌도 자리를 뜨려고 하자 강민규가 말을 건넸다.

"부탁이 있어."

"뭔데?"

"압수 수색한 서류 중의 하나를 좀 보고 싶어."

"어떤 서류?"

"근무 관련 서류들."

"나한테 숨기는 거 있어?"

"어차피 이 동네에서는 네가 왕이잖아. 뭔가 나오면 꼭 알려줄게."

잠시 고민하던 오재민 소좌가 따라오라는 손짓을 하고는 밖으로 나갔다. 1층 사무실로 들어간 오재민 소좌는 호위총국으로 전화를 걸어서 부하에게 근태 관련 서류들을 챙겨서 가져오라는 지시를 내렸다.

이십 분쯤 후에 검은색 군용 지프가 공장 앞에 멈췄다. 호위총국 요원이 옆구리에 서류 뭉치를 끼고 조수석에서 내렸다. 오재민 소좌가 건네받은 서류 뭉치를 강민규에게 건네줬다.

"삼십 분 안에 보고 돌려줘."

"남이나 북이나 성미 급한 건 알아줘야 한다니까, 담배나 피우고 기다리고 있어."

구석의 벤치에 앉은 강민규는 서류들을 천천히 들여다봤다. 꼭 집어서 얘기하진 않았지만 필요했던 것은 야근과 휴일 근무 현황이었는데 다행히 잘 정리돼 있어서 필요한 부분들을 확인할 수 있었다. 서류를 넘기던 그는 짧게 중얼거렸다.

"역시!"

마지막 퍼즐을 맞추는 데 성공한 강민규는 회심의 미소를 지었다.

살인자는 교묘하게 남과 북 사이에 숨었다. 그리고 살인 자체보다는 그 파장을 감추는 데 힘을 기울일 것이라는 사실을 너무나 잘 알고 있었다. 블랙박스와 CCTV가 없고 서로를 믿지 못하는 사람들이 사는 이 이상한 도시에서 벌어진 살인 사건은 하마터면 미궁 속으로 사라질 뻔했다. 하지만 아주 작은 단서들이 범인을 찾아내도록 만들었다.

서류를 덮은 강민규는 담배를 다 피우고 기다리고 있던 오재민 소좌에게 돌려줬다. 부하에게 서류를 넘긴 오재민이 흥미롭다는 표정을 지었다.

"얼굴을 보아하니 답을 찾은 모양이군."

"난 궁금한 건 못 참는 성격이거든."

"범인이 잡혀서 진범을 찾는다고 해도 처벌하지 못할 수도
있어."

"난 그냥 성공했다고 생각하고 있는 범인에게 그게 아니라는
걸 알려 주고 싶어."

강민규의 얘기를 들은 오재민 소좌가 고개를 절레절레 저었다.

"아무튼 잘 돌아가게."

돌아서려는 그를 향해 강민규가 입을 열었다.

"부탁이 하나 있는데."

7. 추방

　월요일 아침은 화창했다. 새벽에 잠깐 비가 내린 탓이기도 했고, 한 주 동안 개성 공단 사람들을 불안에 떨게 했던 살인 사건이 마무리된 탓이기도 했다.

　월요일 아침이 되자마자 강민규는 개성 공단 관리 위원회 명의로 된 추방명령서를 이우선 과장에게 받았다. 흡족한 표정을 지은 이우선 과장이 돌아가자, 강민규는 방으로 들어가서 짐을 챙겼다. 전날까지 돌아가던 공장은 북측 직원들이 아무도 출근하지 않으면서 텅 비어 버렸다. 이 부장과 홍 과장은 월요일 아침이 되자마자 바로 떠나 버렸다.

　짐을 정리한 강민규는 같은 층에 있는 식당으로 향했다. 식당 안에는 그에게서 모이라는 연락을 받은 원종대 사장과 오재민 그리고 백영희와 김재천 과장이 기다리고 있었다. 오재민 소좌가 피우고 있던 담배를 비벼 끄면서 물었다.

"선물이라도 주려고?"

강민규는 피식 웃으면서 대답했다.

"추리소설 보면 항상 이렇게 마무리하잖아."

"그럼 여기에 있는 누군가가 범인이겠네?"

"살인자는 늘 가까운 곳에 있기 마련이지. 특히 개성 공단에서는 말이야."

두 사람의 얘기를 듣던 원종대 사장이 끼어들었다.

"그 문제는 마무리가 된 거로 아는데?"

"대외적으로는 그렇죠. 그리고 무엇보다 그건 살인자가 바라고 있는 겁니다."

식당 안에 보이지 않은 불안감이 흘러넘쳤다. 오직 오재민만 흥미롭다는 표정으로 바라봤다. 불안한 표정으로 손톱을 물어뜯고 있던 김재천 과장이 그를 바라봤다.

"이미 끝난 얘기 아닙니까?"

강민규는 말을 건넨 김재천 과장에게 비비 꼬인 미소를 보여 줬다. 그리고 바지 뒷주머니에서 작게 접힌 종이를 꺼내서 오재민 소좌에게 건넸다. 의자에서 살짝 몸을 일으킨 오재민 소좌가 건네받은 종이를 펼쳤다. 종이에 적힌 글씨를 읽어 내려가던 그의 표정이 굳어졌다.

"이건……."

"일요일이라 알아내기 힘들었어."

"놀랍긴 한데 이게 사건을 뒤집을 만큼 중요한 얘긴가?"

"머리를 좀 굴려 보라고. 이 정보 얻느라고, 있는 백, 없는 백다 동원했거든."

강민규의 말에 오재민 소좌가 종이를 돌려주면서 투덜거렸다.

"죽은 유순태를 부검했는데 수면제 성분이 검출됐다는 게 왜 중요한 건데?"

"중요하지. 현장은 깨끗했고, 피살자가 저항한 흔적도 없었어. 그래서 피살자와 아주 가까운 사람, 그중에서도 단번에 그를 제압해 버릴 만큼 덩치가 큰 남자가 범인이라고 생각했잖아."

강민규가 던진 얘기를 들은 사람들은 서로의 얼굴을 바라봤다. 다들 침묵을 지키는 가운데 오재민 소좌가 중얼거렸다.

"모든 가능성이 실패로 돌아갔을 때 그래도 남는 것이 아무리 불가능해 보이더라도 진실이다."

"역시 북한 명탐정이라 머리가 빨리 돌아가는군. 유순태는 최근 불면증을 이유로 병원에서 처방받은 수면제를 복용 중이었어. 방에 약봉지가 있었고, 병원 부원장이 처방했다는 얘기도 들었지."

강민규의 얘기가 이어지자 식당 안은 불안감이 감돌았다. 헛기침을 한 오재민 소좌가 그 불안감을 뚫고 입을 열었다.

"유순태가 잠든 상태였다면 지금까지의 가정들이 모두 무너지는 셈이잖아."

"그렇지. 유순태가 저항하지 않았다는 점 때문에 안면이 있는 덩치 큰 남성 중에서 범인이 있다고 믿었거든. 하지만 만약 그가 잠든 상태였다면 얘기가 달라지지."

강민규의 말을 들은 오재민 소좌가 무겁게 고개를 끄덕거렸다.

"비밀번호를 알고 있으면 그냥 들어가서 수면제를 먹고 잠든 유순태를 죽일 수 있었겠지. 수면 상태라면 비명을 지르지도 못했을 것이고, 저항도 불가능해."

"제법이군."

빙그레 웃은 강민규의 말에 오재민 소좌가 눈살을 찌푸렸다.

"그런데 그런 식의 살인이 성립되려면 그 시간에 유순태가 수면제를 먹고 잠들었다는 걸 알고 있어야만 해. 수면제를 복용한다는 걸 안다고 해도 시간까지 맞추기는 쉽지 않잖아."

"그 수면제를 직접 먹였다면 어떨까?"

"그게 가능해?"

"가능하지!"

오재민 소좌의 물음에 강민규는 천천히 백영희 앞으로 가서 섰다.

"그 수면제를 커피에 타서 먹였다면 말이야."

그의 얘기가 끝나기가 무섭게 백영희가 앙칼진 목소리로 말했다.

"억측이에요!"

"미안하지만 난 억측 같은 건 안 해. 추측하고 추리할 뿐이지."

"왜 나라고 생각하죠?"

"문제의 그 날로 돌아가 볼까?"

강민규는 자신을 노려보는 백영희의 시선을 똑바로 바라봤다.

"당신은 저녁때, 그러니까 저녁 6시 사무실에서 일이 마무리 될 즈음 유순태 법인장에게 커피를 한 잔 긴넸지. 거기에는 법인장이 먹고 있던 수면제가 들어가 있었고 말이야. 일을 마친 유순태 법인장이 숙소로 돌아간 다음에 당신은 서류를 정리한다는 핑계로 남았고, 저녁을 먹고 퇴근하는 척하다가 3층 숙소로 올라 갔어. 몇 번 드나들어서 비밀번호는 잘 알고 있었지. 거기다 법인 장 방은 숙소에 들어가자마자 첫 번째 방이라 순식간에 들어갈 수 있었고 말이야. 어때? 내가 얘기한 게 억측이야?"

"말도 안 되는 얘깁니다. 그날 퇴근하다가 김재천 씨랑 마주 쳤어요."

백영희는 손가락으로 김재천 과장을 가리켰다. 사람들의 시 선이 모이자 김재천 과장은 마른침을 삼켰다.

"사실입니다."

"당신이 8시 반에서 9시 사이에 공장 밖으로 나간 건 사실이야. 하지만 식당에서 저녁을 먹은 다음에 3층 숙소로 올라가서 유순태 법인장을 죽이고 공장 밖으로 나가기에 부족하지는 않은 시간이지. 김재천 과장과 마주친 것도 알리바이를 확인시키기 위해서 시간을 잰 거였잖아. 아니야?”

강민규의 말이 끝나자마자 백영희가 반박했다.

“전 그 시간에 공혁수 반장과 창고에서 얘기를 나눴다고 하지 않았습니까.”

“나도 그것 때문에 속아 넘어갔어. 그런데 말이야. 그 얘기를 나한테 해 준 건 공혁수가 차에 치여서 의식을 잃었다는 것을 들은 다음이었어. 내가 그걸 공혁수에게 확인하지 못한다는 걸 안 다음에 꺼낸 거지.”

“추측이에요.”

“계속 들어 보라고. 계획은 완벽했지만 짧은 시간에 결행해야 했기 때문에 살인 다음으로 중요한 목적을 이루지 못했지. 그래서 다음 날 위험을 무릅쓰고 유순태 법인장의 숙소에 들렸다가 나한테 발목이 잡혔어.”

“맘대로 생각하십시오. 하지만 전 법인장 동무를 죽일 아무런 이유가 없습니다.”

“맞아. 어떻게 죽였는지를 알고 난 이후에도 그 문제가 영 풀리지 않더라고. 둘이 사랑하는 사이라고 뜬금없이 고백해 버리는 바람에 더더욱 힘들었어. 그러다가 재미있는 걸 하나 찾았어. 지난 1년간 근무 일지를 보니까 당신이 야근할 때 항상 누군가가 같이 있었더군."

"그게 무슨 말씀이십니까?"

그녀가 계속 반박하자 강민규는 고개를 돌려 오재민 소좌를 바라봤다.

"첫날 조사했을 때 개성 공단 안에서 만난 불륜 커플들을 뭐라고 했지?"

"8.3 부부."

오재민 소좌의 얘기를 끝으로 식당 안은 적막이 흘렀다. 강민규의 얘기가 그 적막을 깨트렸다.

"두 사람이 언제부터인지는 모르겠지만 8.3 부부가 됐지. 두 사람은 서로를 봤다고 하는 것으로 알리바이를 만들었고, 그것 때문에 초반에 용의 선상에서 제외된 거야."

강민규의 설명을 들은 원종대 사장이 믿기지 않는다는 표정으로 물었다.

"영희 씨가 그런 짓을 할 이유가 없잖아."

"그게 두 번째 장벽이었죠. 다행히 당사자가 직접 그 이유를 설명해 주더군요."

강민규는 씨근덕거리면서 자신을 노려보는 백영희를 향해 여유롭게 웃어 보였다.

"백영희는 비공식 핫라인 일을 맡게 되면서 조절 위원회 일도 같이하게 됐습니다. 그리고 거기에 공혁수 반장이 가담한 겁니다. 어느 쪽이 먼저인지는 모르겠지만 두 사람은 8.3 부부가 되면서 나란히 물건을 빼돌리는 일을 합니다. 유순태 법인장은 그 일을 위해서 국정원을 들먹거리면서 옆 공장 김재천 과장까지 끌어들이게 된 겁니다."

주변의 시선을 받게 된 김재천 과장은 마른침을 삼켰다. 강민규는 계속 이야기를 이어 갔다.

"그러다가 사장의 특명을 받은 제가 등장하게 됩니다. 겁이 난 유순태 법인장은 공혁수 반장에게 창고에서 물건을 빼돌리는 걸 중단하라고 요구했지만 듣지 않자, 결국 저를 국정원 요원으로 몰아서 쫓아내려고 했습니다. 사실 그게 살인으로 가게 된 이유였죠. 공혁수와 백영희는 그 소문을 사실로 믿었고, 조절 위원회의 존재를 감추기 위해 극단적인 선택을 하게 된 거죠."

강민규의 얘기가 끝나자 원종대 사장은 자신의 머리카락을 쥐어뜯었다.

"맙소사."

"백영희는 유순태에게 준 커피에 미리 훔친 수면제를 넣었고, 잠이 들었을 시간에 맞춰서 몰래 방으로 들어가서 넥타이로 목을 졸라 살인을 저질렀습니다. 두 사람은 서로를 봤다면서 알리바이를 만들어 줬고, 김재천까지 끌어들여서 더 완벽하게 만드는 데 성공했죠. 하지만 두 가지 실수를 저질렀습니다. 하나는 혹시나 남아 있을지 모를 흔적을 없앤다고 방에 다시 들어갔다는 것, 그리고 혼자 살아남기 위해서 나에게 찾아와서 이런저런 얘기를 했던 점이죠."

강민규의 말에 오재민 소좌가 고개를 갸웃거렸다.

"혼자만 살아남다니?"

"남북측이 사건을 덮기 위해서 공혁수를 범인으로 지목하고, 사고가 나서 목숨 줄이 간당간당하니까 욕심이 났던 거지. 그래서 나한테 와서 공혁수가 억울하다고 하소연을 했는데, 사실 생각해 보면 자기가 빠져나갈 길을 만들어 놓은 거야. 공혁수의 알리바이를 증명하면서 가짜로 자기 알리바이를 넣은 식으로 말이야. 만약 찾아와서 얘기를 해 주지 않았다면 몰랐거나 헤매고 있었겠지."

이제 사람들의 시선은 모두 백영희에게 향했다. 마른침을 삼킨 그녀가 천천히 자리에서 일어나자 오재민 소좌가 고개를 저었다.

"꼼짝하지 말고 가만있어."

"지금 남조선 특무의 말을 믿는 겁니까?"

"닥쳐! 판단은 내가 할 거니까 반박할 얘기 있으면 해 봐."

오재민의 얘기를 들은 백영희가 주먹을 불끈 쥔 채 외쳤다.

"저한테 이럴 수는 없습니다. 소좌 동무."

그러자 오재민 소좌가 손가락을 까닥거렸다.

"난 뭐든지 할 수 있어. 그러니까 입 닥치고 얘기를 쭉 들으라고."

"이게 내가 내린 결론입니다. 딱 한 사람을 제외하고는 모두의 입맛에 맞고 뒤탈도 없는 그런 결말 아닙니까?"

침묵을 지키던 사람 중에서 가장 먼저 입을 연 것은 오재민 소좌였다.

"마음에 드는군. 그럼 이걸로 하지. 어차피 공혁수 하나만 집어넣기에는 애매했잖아."

오재민 소좌가 가볍게 고개를 끄덕거리자 백영희는 겁에 질린 표정으로 식당 밖으로 도망쳤다. 하지만 밖에서 기다리고 있던 호위총국 요원들이 그녀를 붙잡았다. 백영희가 앙칼진 비명을 질렀다.

"다 폭로해 버릴 거야."

사실 강민규도 그게 걱정이었다. 하지만 오재민 소좌는 예상하고 있었는지 호위총국 요원들에게 물러가라고 손짓을 했다. 그리고 천천히 일어나서 문을 닫고는 허리에 찬 권총을 꺼냈다.

"폭로하기 전에 내 손에 죽을 수도 있어. 저항해서 발포했다고 하면 되니까 말이야."

권총을 본 그녀가 부들부들 떨었다.

"소좌 동지."

"내 말 잘 들어. 어차피 공화국의 자존심이 걸려 있기 때문에 살인범으로 처벌받지는 않을 거야. 기껏해야 노동교화형 몇 년이겠지. 비밀을 지켜 준다면 내가 뒤를 봐주겠어. 어때?"

백영희가 아무 대답도 못 한 채 머뭇거리자 오재민 소좌가 말없이 노려봤다. 결국 그녀가 고개를 끄덕거렸다.

"시키는 대로 하겠습니다."

"잘 생각했어."

문을 연 오재민 소좌가 밖에 있던 부하들에게 그녀를 끌고 가라고 지시했다. 그리고 강민규를 바라봤다.

"그럼 난 가서 네 추리가 맞는지 확인해 보도록 하지."

"거기에 끼워 맞추려고 하는 건 아니고?"

강민규의 말에 오재민 소좌가 어깨를 으쓱했다.

"어차피 진실이 중요한 건 아니니까……."

"여기도 대한민국처럼 명탐정이 활약할 만한 곳은 아니네."

"공화국은 공권력이 튼튼해서 탐정이 필요 없어."

"생각 있으면 남쪽으로 내려와. 내 사무소에 자리 하나 마련해 줄게."

"농담이 지나치군."

오재민 소좌가 코웃음을 치자 강민규가 눈을 똑바로 바라보면서 대답했다.

"나도 그게 농담이었으면 좋겠어."

굳은 표정의 오재민 소좌가 사라지자 식당 안은 적막이 감돌았다. 가장 먼저 움직인 건 김재천 과장이었다.

"일 다 끝났으면 가 보겠습니다."

"자네도 비밀을 지켜 주게."

원종대 사장의 말에 김재천이 얼굴을 찌푸렸다.

"전 오래 살고 싶어요. 회사에 사표 내고 당분간 여행 갈 거니까 귀찮게 하지 마세요."

김재천 과장이 자리를 뜨자 남은 건 강민규와 원종대 사장뿐이었다. 강민규는 눈을 질끈 감은 원종대 사장에게 말했다.

"약속한 보수는 언제 주실 겁니까?"

"내려가는 대로 주겠네. 이제 출발하도록 하지."

눈을 뜬 원종대 사장이 밖으로 나가자 강민규도 뒤따라 일어났다.

짐을 챙겨서 내려온 그는 공장 마당에 세워진 원종대 사장의 차에 올라탔다. 두 사람은 북측 CIQ를 지나 서울에 도착하는 한 시간 동안 내내 침묵을 지켰다. 합정역 근처에 도착해서 차를 멈춘 다음에나 원종대 사장이 입을 열었다.

"내일까지 약속한 돈 줄 테니까 잊지 말고 사표 내게."

"팩스로 보내 드리죠."

짧게 대답한 강민규는 차에서 내려서 인도로 올라섰다. 원종대 사장의 차는 곧장 출발해서 홍대 방향으로 가는 수많은 차 사이로 종적을 감춰 버렸다. 불과 한 시간 만에 북한의 개성 공단에서 서울 한복판으로 돌아온 강민규는 잠시 주변을 돌아봤다.

월요일 낮이라 거리는 몹시 북적거렸다. 서울에서 불과 한 시간밖에 떨어지지 않은 곳에 남과 북이 만나는 곳이 있다는 사실을 아무도 모르고 있는 얼굴들이었다. 지나가는 사람들의 얼굴을 천천히 살펴보던 강민규는 저도 모르게 웃음이 터져 나왔다. 한 손으로 웃음을 막은 강민규는 발걸음을 옮기면서 사람들 틈에 섞였다.

* * *

1년 후.

1년 만에 광화문에서 만난 그들은 예전과 비슷했다. 수많은 참가 단체 이름들이 깨알같이 박혀 있는 플래카드와 태극기의 물결 속에서는 삶에 시달린 노인과 탈북자들이 보였다. 그리고 중간에는 남다른 눈빛으로 무장한 북풍회 회원들도 있었다. 작년보다 머리가 더 하얘진 임성택 회장도 모습을 드러냈는데 그 옆에는 낯익은 인물이 서 있었다. 그와 눈이 마주친 강민규는 가볍게 고개를 끄덕거렸다. 그러자 상대방도 봤다는 눈짓을 했다.

집회 행렬을 거슬러서 광화문 사거리로 향한 그는 서울 역사박물관 쪽으로 방향을 틀었다. 그리고 박물관 앞에 있는 구세군 빌딩으로 들어섰다. 낡은 엘리베이터를 타고 9층에 내린 그는 복도 끝에 뉴욕 탐정사무소라는 글씨가 적혀 있는 사무실의 문을 열었다. 그리고 문 왼쪽 책상에 앉아 있던 미스 황에게 옆구리에 끼고 온 낡은 서류 봉투를 건넸다.

"얘기한 서류."

서류 봉투를 건네받은 미스 황이 모니터를 들여다보면서 물었다.

"오재민 소좌는 봤어요?"

"응, 북풍회 임 회장 꼬붕 노릇하고 있던데."

책상에 앉으면서 대답한 강민규가 신문로를 내려다봤다. 지난번 사무실보다는 낮지만 이번 사무실도 제법 풍경이 괜찮았다.

"강 상사님 덕분에 공작이 잘 마무리됐다고 내곡동 본사에서 엄청 고마워하고 있어요. 정식 입사하지 않겠냐고 하던데요?"

"조직은 나랑 안 맞아서 싫다고 해."

"그럴 줄 알았어요."

"근데 그 친구를 귀순시키는 게 그렇게 중요한 일이었어?"

"출신 성분도 좋고 능력도 뛰어나서, 높은 자리로 올라가면 내곡동에서도 꽤 골치 아플 거라고 예상했어요. 그런데 상사님 덕분에 귀순자로 만들었으니까 성공한 기죠. 거기다 가져온 정보들이 장난 아니라서 정보 분석실에서 좋아 죽더라고요."

의자에 등을 기댄 강민규가 피식 웃었다.

"자라나는 새싹을 미리 밟아 버리다니, 잔인한 사람들이군."

그때 사무실 문이 벌컥 열리는 소리가 들렸다.

"그러게 말이야."

사무실 문이 열리면서 들려온 귀에 익은 목소리에 강민규는 고개를 돌렸다. 놀란 미스 황이 서랍을 열려고 하자 오재민이 손가락을 까닥거렸다.

"쓸데없는 짓 하지 말아요."

그러자 미스 황이 서랍에서 꺼낸 담배와 라이터를 보여 줬다.

"나가서 담배 한 대 피우고 들어올게요."

서랍을 콩 닫은 그녀가 문을 닫고 나갔다. 밖으로 나가는 미스 황을 바라보던 오재민이 이죽거렸다.

"국정원은 얼굴이랑 몸매 안 보고 뽑아?"

"덕분에 아무도 국정원 요원이라고 생각 안 했으니까 나름 성공이지. 남조선 생활은 어때?"

강민규의 물음에 오재민이 소파에 앉으면서 대꾸했다.

"뒤통수가 아직 아픈 걸 빼고는 나름 견딜 만해."

"우리끼리 무슨 의리가 있었다고 뒤통수 운운이야."

"굳이 백영희의 소행이라고 내 앞에서 밝혔을 때 눈치챘어야 했는데 말이야."

"정확하게는 밖에서 듣고 있을 네 부하들이었지. 너도 핫라인이네 어쩌네 하면서 개성 공단 물건 빼돌려서 뒷주머니 챙겼잖아."

"나 혼자 챙긴 건 아니야."

"어쨌든 너무 크게 해 먹었어. 국정원 눈에 띌 정도로 말이야."

"나도 그게 걱정이긴 했지만 달러의 유혹 앞에서는 아무 소용이 없더군. 그나저나 애국심이라고는 눈곱만큼도 없어 보였는데, 언제부터 국정원과 손을 잡은 거야?"

"개성 공단이라 요원을 직접 보낼 수 없다면서 제안이 왔고, 보수가 꽤 괜찮았어. 일단 들어가는 건 성공했는데 재수 없게 유순태가 죽어 버리는 바람에 일이 꼬였어."

"그래서 기를 쓰고 범인을 찾으려고 했군."

강민규는 서랍에서 꺼낸 볼펜 형태의 녹음기를 보여 주면서 대답했다.

"정확하게는 범인이 아니라 비공식 핫라인에 네가 개입돼 있다는 증거를 찾으려고 한 거야."

"내가 제 발로 함정에 걸어 들어간 꼴이군."

오재민이 혀를 차자 강민규가 어깨를 으쓱거렸다.

"거기서 널 봤을 때 속으로 땡잡았다고 생각했지. 거기다 나에 대해서 너무너무 잘 안다는 걸 깨닫고는 일이 되겠다 싶었어."

"그때 개성 공단으로 내려갈까 말까 했는데 아무래도 직접 가서 처리하는 게 좋겠다 싶었지."

"너무너무 고마웠어. 어쨌든 조사를 하면서 이것저것 소득이 좀 많았지. 내곡동이나 정보사에서는 개성 공단의 조절 위원회에 아주아주 관심이 많았거든."

"우리도 관심이 많았어. 그래서 내가 직접 내려간 거고 말이야."

"어쨌든 너랑 호위총국에서 조절 위원회를 통해서 한 몫 챙기고 있다는 걸 알아낸 건 예상 밖의 수확이었어."

"친구를 너무 믿은 내가 바보였지."

"천하의 호위총국 소좌가 날라리 탐정을 믿다니, 눈물 나는군. 어쨌든 내 임무는 거기까지였고, 나머지는 내곡동 본사에서 진행했어."

"그 정보는 우리 호위총국과 라이벌 관계였던 국가안전보위부로 흘러 들어갔어. 지도자 동지가 노발대발하는 바람에 관여

했던 내 라인 전체가 날아갔지."

"저런……."

강민규가 혀를 찼다.

"지금 안타까워하는 거야?"

오재민이 쓴웃음을 지으면서 묻자 강민규가 고개를 저었다.

"설마, 나도 내곡동에서 그렇게 거칠게 일을 처리할 줄 몰랐어. 거, 두고두고 빨대 꽂아서 써먹으면 얼마나 좋아. 얘들이 도통 참을성이 없단 말이야."

"그래도 네가 힌트를 주는 바람에 귀순 용사가 될 수는 있었지."

얘기를 마친 오재민이 소파에서 일어나 사무실을 돌아봤다. 그 모습을 본 강민규가 물었다.

"왜?"

"어디에 책상을 놓으면 좋을까 해서."

"무슨 소리야?"

"네가 여기로 오면 같이 일하자고 했잖아."

"미안한데 나 하나 챙기기도 어려워."

"일거리가 있어."

"뭔데?"

강민규의 물음에 오재민이 사무실을 살펴보면서 대답했다.

"올 초부터 탈북자가 한두 명씩 사라지고 있어. 조용히."

"다시 고향으로 돌아갔겠지. 아니면 중국으로 갔거나."

"38라인 애들이야. 걔들은 북한으로 가거나 중국으로 뜨는 애들이 아니야."

"그건 또 뭔데?"

"기무사 출신 맞아? 위장 귀순한 애들을 38라인이라고 불러."

"요즘도 그런 걸 하나?"

"많이 하지. 웃기게도 탈북자들이 늘어난 게 오히려 도움이 되고 있어. 심사할 사람이 너무 많아져서 국정원이나 경찰이 못 걸러내거든."

"임무를 마치고 돌아간 거 아닐까?"

"걔들은 자리 잡고 대기하는 게 임무야. 그러니까 짱 박혀서 움직이지 않는다고."

"근데 걔들이 사라졌다? 의뢰인이 누구야? 북한?"

강민규가 호기심을 느끼자 오재민이 씩 웃었다.

"그중 일부가 임성택 회장 밑으로 들어갔어. 정확하게는 선을 댔다고 해야지."

오재민의 말을 들은 강민규가 고개를 끄덕거렸다.

"사라진 애들이 바로 걔들이다. 그림 나오네. 북한에서 누굴 보내서 배신자를 처리했겠지. 그리고 시체는 쥐도 새도 모르게 처리."

"공화국은 그렇게 무식하게 처리하지 않아. 이건 공화국 방식이 아니야."

"그럼."

강민규의 물음에 오재민이 윗옷 안 주머니에서 꾸깃꾸깃한 봉투 하나를 꺼냈다.

"그걸 알아봐야지. 너랑 나랑 같이 말이야."

"정말 적응 잘하네. 완전 자본주의 물이 쫙 들었어."

강민규의 말에 코웃음을 친 오재민이 손가락으로 사무실 구석의 빈 책상을 가리켰다.

"저기가 좋겠군."

그리고는 씩 웃으면서 덧붙였다.

"다음 주부터 출근할게."

오재민이 사무실 밖으로 나가자 강민규는 어처구니없다는 표정으로 바라보다가 저도 모르게 미소를 지었다. 때마침 담배를 다 피우고 들어오던 미스 황이 물었다.

"왜 그런 표정을 짓고 있어요?"

"우리 사무실 이름을 바꿔야 할 거 같아서."

"어떻게요?"

"통일 탐정사무소."

제3도시

2020년 11월 30일 초판 1쇄 발행

지 은 이 정명섭
펴 낸 이 김선민
표   지 urbook
편   집 손지선
디 자 인 주아르
펴 낸 곳 STOREHOUSE(스토어하우스)
출판신고 2019년 12월 30일 제307-2019-89호
주   소 서울특별시 성북구 월곡로 14길 26, 109-1904
전   화 010-5501-1577
팩   스 070-7966-1577
이 메 일 ksmsolo@naver.com   인스타그램 storehouse_books

출 판 권 © STOREHOUSE, 2020
I S B N 979-11-90912-14-3 04800
        979-11-90912-13-6 04800(세트)